# 소헌왕후

# 소헌왕후

**초판 1쇄 발행** 2025년 12월 22일

**지은이** 황천우
**펴낸이** 장현수
**펴낸곳** 메이킹북스
**출판등록** 제 2019-000010호

**디자인** 홍규선
**편집** 홍규선
**교정** 안지은
**마케팅** 이지현

**주소** 서울특별시 구로구 경인로 661, 핀포인트타워 912-914호
**전화** 02-2135-5086
**팩스** 02-2135-5087
**이메일** makingbooks@naver.com
**홈페이지** www.makingbooks.co.kr

ISBN 979-11-6791-813-0(03810)
값 17,800원

ⓒ 황천우 2025 Printed in Korea

잘못된 책은 구입하신 곳에서 바꾸어 드립니다.
이 책의 전부 또는 일부 내용을 재사용하려면 사전에 저작권자와 펴낸곳의 동의를 받아야 합니다.

홈페이지 바로가기

메이킹북스는 저자님의 소중한 투고 원고를 기다립니다.
출간에 대한 관심이 있으신 분은 makingbooks@naver.com으로 보내 주세요.

# 소헌왕후

황천우 지음

메이킹북스

# 여는 글

 올해 초 조선 왕조 500여 년이 우리 역사에서 어떤 의미를 주는지 헤아리고자 조선의 실질적 창시자라 언급되는 태종 이방원을 그의 아내인 원경왕후의 시각으로 그린 『원경왕후』를 발표했다.
 동 작품을 발표하기 위해 조사하는 중에 우리 역사에서 상당히 과대포장되어 있는 이방원은 현대판 소시오패스에 불과하다는 사실을 발견하게 된다. 심지어 자신의 아내인 원경왕후를 가리켜 '잔악무도하고 교활하다'고 실록에 기록을 남길 정도다.
 결국 동 작품에서는 원경왕후가 잔악무도하고 교활한 게 아니라 이방원이 자신의 본성을 아내에게 빗대어 저주를 퍼부은, 즉 제 무덤 제가 판 경우로 풀어나갔다. 그리고 권력을 오로지 자신의 소유물로 여긴 그로 인해 조선은 첫 단추를 잘못 꿰었다고 단정했다.

이후 잠시 자유를 만끽하는 중에 새로운 의문이 일어났다. 이방원은 왕권 강화라는 미명하에 왕권과 전혀 관련 없는 세종의 처가 즉 소헌왕후의 아버지와 숙부를 죽이고 가문을 아작냈는데 소헌왕후가 나 몰라라 했을까 하는 생각이었다.

이 생각은 곧바로 유교를 국시로 세운 조선 사회에서 왜 세종과 소헌왕후가 불교에 귀의했을까 하는 의문으로 이어졌다. 이를 표면상으로 살피면 두 사람은 조선 사회 특히 이방원에게 정면으로 반기를 든 형태를 띠고 있기 때문이다.

이 사건을 바라보면 대뜸 두 가지 생각 일어난다. 첫째는 소헌왕후가 아버지와 숙부 그리고 몰락한 가문을 위해 복수극을 자행한 건 아닐까 하는 의문이다. 실제로 아버지 심온이 죽임을 당하는 시점에 소헌왕후가 후일 복수할 가능성으로 인해 폐해야 한다는 의견이 존재했었다.

둘째는 첫 단추를 잘못 꿴 조선을 바로잡기 위해, 즉 이방원을 반면교사로 삼아 조선을 정상화하려는 과정에서 자연스럽게 발생했던 사건이 아닐까 하는 생각이다. 유교가 일부 극소수의 전유물인 반면 불교는 주로 일반 백성들과 관련되어 있기 때문으로 후일 세종과 소헌왕후가 권력을 사용하는 방향을 살피면 자연스럽게 그런 생각 일어난다.

이러한 관점에서 세종의 아내를 대상으로 『소헌왕후』를 발표하게 되었다. 소설은 허구가 아니라 진실을 찾아가는 과정이라 강변하는 필자의 원칙에 입각하여 제기되는 각종 의문에 존재하는 팩트 그리고 주변 정황을 분석하여 이야기를 끌어갔다.

 또한 세종이 창제한 훈민정음은 엄밀한 의미에서 창제가 아니라 오래전에 이 나라에 존재했던 부호를 조합한 경우로 불교의 대중화를 위해 사용되었음을 밝혀내고 있다. 모쪼록 동 작품을 접하면서 조선 500여 년이 무슨 의미를 주는지 그리고 역사의 의미가 무엇인지 헤아리기 바라마지 않는다.

## 차례

| | |
|---|---:|
| 단초 | 10 |
| 겹사돈 | 23 |
| 압박 | 35 |
| 고속 가례 | 46 |
| 2월 16일 | 55 |
| 일상 | 68 |
| 이중 사돈 | 79 |
| 탐색 | 89 |
| 징후 | 100 |
| 자중 | 109 |
| 세자빈 | 118 |
| 보위에 오르다 | 132 |
| 전위 사기 | 142 |
| 사은사 심온 | 150 |
| 강상인 옥사 | 161 |
| 운명 | 173 |
| 아버지의 마음 | 183 |
| 가슴에 품다 | 193 |

| 대비의 유언 | 204 |
| 반전 | 216 |
| 태상왕과 두 과부 | 227 |
| 간계 | 237 |
| 조선, 첫 단추를 잘못 꿰다 | 246 |
| 역할 분담 | 255 |
| 완급 조절 | 266 |
| 부전자전 | 277 |
| 대리 임금 | 287 |
| 폐빈 사건 | 297 |
| 권력 승계 | 306 |
| 불교에 귀의 | 316 |

# 단초

# 단초

 1446년 겨울이 물러나고 봄 기운이 밀려오는 저녁 무렵 수양대군이 귀갓길을 서두르고 있었다. 경복궁에서 수양의 집인 명례궁(지금의 덕수궁 근처)까지 그리 먼 길이 아님에도 불구하고 집 가까이 이르렀을 때는 이마 곳곳에 땀이 들어찼다.

 대문 가까이 이른 수양이 걸음을 멈추고 소매로 이마를 훔치며 호흡을 가다듬었다. 그러기를 잠시 후 슬그머니 대문을 열고 집으로 들어섰다. 집으로 들어선 수양의 시선에 어머니 소헌왕후와 아내 낙랑부대부인(후일 정희왕후)의 모습이 들어왔다.

 왕후의 한쪽을 부축하고 있는 대부인과 왕후가 한 방향을 주시하고 있었다. 수양이 두 사람이 바라보는 곳으로 시선을 주었다. 그곳에는 저만치 서쪽 하늘로 기울고 있는 석양에 하얀 목련꽃이 붉게 물든 모습을 드러내고 있었다. 목련과 두 사람을 번갈아 바라보던 수양이 걸음을 재촉했다.

"어머니, 아직도 날씨가 차가운데…."

수양의 근심 가득한 목소리에 넋을 잃은 듯이 목련을 바라보던 왕후와 대부인이 동시에 고개를 돌렸다. 화사한 빛을 머금고 있는 대부인과는 달리 왕후의 얼굴에서는 생기가 희미해지고 있었다.

"내년에는 더 이상 목련을 볼 수 없을 것 같은 생각이 일어나 내가 어멈에게 폐를 끼치는구나."

"어머니, 무슨 말씀을 그리하세요!"

수양을 대신하여 되묻는 대부인의 목소리가 절로 갈렸다. 그도 그럴 것이 생의 막바지를 향해 가던 소헌왕후가 경복궁을 떠나 자신이 끔찍이도 아끼는 아들 수양의 거처에 기거하고 있던 터였고 수양이나 대부인은 왕후의 삶이 그다지 길게 이어지지 못하리라는 사실을 잘 알고 있었다.

"이즈막 들어 삶과 죽음에 대해 생각하고는 하는데 삶과 죽음은 별개가 아니라 하나라는 생각이야. 아니지, 죽음 역시 삶의 한 방식이라 보아야 옳겠지."

"어머니!"

왕후의 차분한 말투에 수양이 가까이 다가가 왕후의 다른 한쪽을 부축했다.

"너무 마음에 두지 말거라. 어떻게 살피면 어느 순간에 맞이하는 죽음은 오히려 축복으로 여겨질 수도 있는 일 아니겠니?"

"그게 무슨 말씀이세요!"

"지금 내 상태를 보거라. 먹는 일도 그러하지만 너희들의 도움이 없으면 제대로 서지도 못하는 상태에서, 즉 살아 있는 사실 자체가 고통스러운 상태에서 맞이하는 죽음은 오히려 축복이라 생각드는구나."

"어머…."

냉정할 정도로 차분한 말소리에 수양의 가슴이 울컥했는지 더 이상 말을 잇지 못했다.

"아범아, 왜 내가 너희들 가례를 올리며 이 집을 지어주면서 목련을 심었는지 아느냐?"

왕후가 수양의 표정을 살피며 대화 내용을 바꾸어갔다.

"어머니께서 말씀하셨잖아요, 목련을 보면서 어머니를 생각하라고."

왕후가 그저 미소만 보냈다.

"어머니, 또 다른 의미가 있나요?"

대부인이 호기심 가득한 표정을 지었다.

"내가 태어나던 당시 내 할아버지(심덕부)께서 내 모습이 연꽃처럼 아름답다고 해서 나무에 피는 연꽃이란 의미를 지니고 있는 목련을 우리 집에 심어주셨어. 그런데 너희들 가례를 올리면서 내 며느리를 보니 문득 그 생각이 일어나서, 며느리가 너무 고와서 이 집에 목련을 심도록 한 거야."

왕후의 말이 끝나자 대부인의 얼굴에 석양에 물든 목련처럼 홍조가 일어나고 있었다. 그 모습을 수양이 놓치지 않았다.

"그래, 아범도 귀가했고 목련도 볼 만큼 보았으니 안으로 들자꾸나."

순간 망부석처럼 변해버린 두 사람을 왕후가 이끌기 시작했다. 그러기를 잠시 왕후가 걸음을 멈추고 잠시 전 바라보았던 목련을 애틋하게 바라보다 이내 고개 돌려 천천히 안채로 걸음을 놓아갔다.

두 사람과 방으로 들어선 왕후가 자리에 앉기 앞서 방 한쪽에 놓여 있는 궤로 몸을 움직였다. 그를 감지한 수양이 급하게 궤로 다가가 뚜껑을 열었다. 순간 두껍지 않은 책자가 수양의 시선을 끌었다.

"어머니, 이걸 말씀하시는지요?"

수양이 아리송한 표정을 지으며 책자를 꺼내자 왕후가 고개를 끄덕이며 자리했다.

"이 책이 무엇인지요?"

엉거주춤한 자세에서 건성으로 질문한 수양이 게슴츠레한 표정을 짓자 왕후가 책을 잡고 뒤적거리다 한 대목을 펼쳐 수양에게 다시 건넸다. 수양이 왕후와 대부인의 얼굴을 번갈아 보다 천천히 글을 읽어갔다.

『초, 의금부문온왈: "운운, 당치상왕어하지?" 답왈: "약여차강문, 당이아행무례어상왕." 의금부사낭관계: "온언욕행무례어상왕." 상왕심사양구, 위주상왈: "아욕사사, 금문차언, 필부득이야"

(初, 義禁府問溫曰: "云云, 當置上王於何地?" 答曰: "若如此強問, 當以我行無禮於上王." 義禁府使郎官啓: "溫言欲行無禮於上王." 上王深思良久, 謂主上曰: "我欲賜死, 今聞此言, 必不得已也")』

"이건…."

읽기를 마친 수양이 고개를 갸웃거리며 잠시 두 사람을 번갈아 바라보았다.

"이 책자는 사관들이 기록한 글을 발췌한 것인데 오늘 내가 너희들에게 이야기하고픈 내용들을 따로 모은 것이야. 그리고 이 부분은 네 아버지가 보위에 오른 1418년 12월 작성한 기록이야."

"그런데 대군, 무슨 의미인지요?"

"그래, 아범이 설명해 보거라."

잠시 글들을 들여다본 대부인이 말문을 열자 수양이 순간적으로 이맛살을 찌푸리고 다시 입을 열기 시작했다.

『처음에 의금부에서 온에게 묻기를,

"'운운'한 것은 당연히 상왕(태종)에게 어떻게 하려 한 게 아니겠느냐?"

하니, 대답하기를,

"이처럼 강제로 묻는 것은, 나로 하여금 상왕에게 무례한 짓을 행하라 이르는 것이다."

고 하였다. 의금부에서 낭관으로 하여금 아뢰기를,

"온이 상왕에게 무례한 짓을…."』

원문을 해석하던 수양이 잠시 멈추고 고개를 저으며 두 사람을 번갈아 바라보았다.

"방금 전에도 표정이 좋지 않았건만 왜 그러세요?"

대부인의 질문에 아랑곳하지 아니하고 수양의 시선이 다시 원문으로 향했다. 이어 유심히 바라보다 다시 두 사람을 번갈아 바라보았다.

"아무래도 이 원문이 잘못된 듯합니다."

"그 대목은 잠시 후에 따져보고 있는 그대로 설명해 보거라."

왕후의 지적에 수양이 고개를 갸웃거리며 다시 말을 이었다.

『"온이 상왕에게 무례한 짓을 행하고자 한다고 말하였습니다."

하니, 상왕이 한참 동안 깊이 생각하다가 주상(세종)에게 말하기를,

"내가 사약을 내리고자 하였더니, 지금 이 말을 들으니, 사약을 내리지 않을 수 없겠다."』

수양이 읽기를 마치자 왕후가 천장을 바라보며 들보가 무

너져 내려라 한숨을 내쉬었다. 순간 왕후의 눈가로 미세하게 눈물이 흐르기 시작했다.

"어머니, '온'이라면 혹시 대군의 외할아버지를 지칭하는 게 아닌지요?"

왕후의 표정을 살피던 대부인이 조심스럽게 입을 열었다.

"물론이지, 내 아버지를 이르는 게야."

왕후가 언제 그랬느냐는 듯 정색하고 말을 잇자 수양이 잠시 대부인에게 시선을 주고는 가볍게 한숨을 내쉬었다. 순간 대부인의 표정에 의아함이 가득 들어찼다.

"왜 그러오, 부인?"

"차마, 이해되지 않아 그러합니다."

"그야 당연하오. 그런데 어머니, 그보다 먼저 '운운'이란 무슨 의미인가요?"

"혹시 강상인의 옥사 사건을 알고 있느냐?"

수양과 대부인이 동시에 강상인의 옥사를 되뇌었다.

"제 경우는 어렴풋이 알고 있습니다만…."

수양이 말하다 말고 대부인을 바라보았다. 대부인이 상세한 내용을 들려달라는 듯한 시선을 보냈다.

"네 시아버지께서 보위에 오를 당시 발생했던 사건인데 상세한 내용은 잠시 후 이야기하기로 하자꾸나. 여하튼 동 사건으로 인해 내 아버지와 숙부께서 어처구니 없는 죽임을 당하고 내 친정은 풍비박산되고. 그리고 아직까지 그 후유증에서 벗어나지 못하고…."

"어머니."

채 말을 맺지 못한 왕후의 얼굴에 서서히 핏줄이 드러나기 시작하자 대부인이 막상 왕후를 부르고는 수양을 바라보았다.

"마저 말해요."

수양이 왕후를 바라보다 은근하게 입을 열었다.

"제가 방금 전에 이해되지 않는다는 부분인데, 이 기록을 살피면 대군의 외조부께서는 상기의 사실에 대해 전혀 인정할 수 없다고 주장하는데 갑자기 중간 사람이 즉 의금부에서 외조부의 주장을 완벽하게 곡해해버렸고 결국 그 때문에 죽음에 이르지 않았나 하는 생각이 들어 그러합니다."

"어머니, 저 역시 외할아버지의 죽음에 의금부의 잘못이 상당하다 느껴집니다만…."

대부인에 이어 수양이 말을 잇자 왕후가 다시 천장을 바라보며 한숨을 내쉬었다.

"이 기록이 진실이라면 내 아버지가 죽임을 당할 수 있었을까?"

"당연히 안 되지요."

"그런데 왜 그런 결과가 나온 것 같으냐?"

"그러면 기록은 그저 기록일 뿐이고 실제는 다분히 할아버지의 의도에 따라 일이 그리 된 건지요?"

"어머니, 그런데…."

왕후와 수양의 대화에 대부인이 급하게 끼어 들었다.

"주저말고 말하거라."

"당시의 왕은 시할아버지가 아니었잖아요."

왕후가 순간 허탈하다는 듯 웃음을 억지로 지어냈다. 그 모습을 바라본 대부인이 아리송한 표정을 지으며 수양을 바라보았다.

"부인 말을 듣고 보니 그야말로 이상하네요. 당시 왕은 아버지인데 왜 할아버지께서 아버지의 왕권에 관여하신 건지 의심 일어납니다."

"그게 네 할아버지의 권력에 대한 본성이야. 외형상으로는 보위를 넘겨주었지만 권력 중 가장 중요한 병권은 물론 신하들의 생사여탈까지 제멋대로 처리하는 인사권까지 주물렸던 게지."

"그런 경우라면 아버지는 허울만 왕이었단 말이네요."

"그렇다고 볼 수밖에 없지만, 결국 네 할아버지는 생전에 권력을 전횡하면서 조선이란 나라는 제 갈 길 잃고 말게 된 게야."

"결국 이 기록 아니, 할아버지로 인해 어머니께서…. 어머니와 아버지께서 조선을 새로운 방향으로 이끌려고 했던 모든 일이 이 일에서 비롯되었다는 말씀이시네요."

"그보다도 네 할아버지께서 잘못 꿴 첫 단추를 제대로 잡아보고자 함이었다고 보는 게 타당하지 않겠느냐."

수양과 대부인이 서로의 얼굴을 바라보며 굳은 표정을 지었다. 순간 왕후가 두 사람의 손을 잡았다.

"그래서 얼마 남지 않은 나의 삶을 마무리하기 위해 그 모든 일의 과정을 아범과 어멈에게 풀어내려 한단다. 특히 내 아버지와 관련한 의혹에 대한 진실을 밝히기 위해 그와 관련한 사관들의 기록으로 내 아버지의 누명을 벗겨드리려 한다. 또한 신하들의 거센 반대에도 불구하고 유교 국가인 조선에서 네 아버지와 내가 왜 불교에 귀의했는지 그리고 훈민정음은 어떻게 만들어졌는지 그 실상을 밝히려 한다."

"어머니, 말씀 주세요. 제가 반드시 새기도록 하겠습니다."
"그래요, 어머니!"

수양이 굳은 표정으로 말을 받자 대부인이 곧바로 뒤를 이었다.

"먼저 네 아버지가 보위에 오르기 전까지를 이야기하마."

겹사돈

# 겹사돈

"아버지, 어디 가는지 여쭈어 보아도 돼요?"

봄기운이 완연한 한낮의 햇빛을 받으며 열세 살의 정숙(후일 소헌왕후)이 아버지 심온의 곁에 가까이 했다. 대호군(종3품의 무관 벼슬)으로 근무하던 아버지가 일찌감치 집으로 돌아와 다짜고짜 정숙을 이끌고 길을 나선 터였다. 심온이 정숙의 말을 못들었는지 저만치 길가에 만개한 목련 꽃을 바라보고 있었다.

"아버지, 어디 가는 거냐고요!"

정숙의 목소리가 올라가자 심온이 고개 돌렸다.

"저 목련 꽃을 바라보니까 네 할아버지 말씀마따나 내 딸과 너무나 흡사하다 생각이 들어 그만…. 그건 그렇고 지금 심종 숙부 집에 가는 거란다."

"숙부 집에는 갑자기 무슨 일로…."

"네 숙모가 갑자기 너를 보고 싶다는구나."

"숙모가요?"

심온의 동생인 심종의 아내 즉 정숙의 숙모는 태조 이성계의 딸로 이방원의 여동생인 경선공주다. 두 사람은 정숙이 태어나기 2년 전인 1393년에 가례를 올렸다.

"네 숙모가 네게 긴히 할 말이 있는 모양이구나."

"숙모께서 갑자기 무슨 일로…."

정숙이 말하다 말고 방금 전 아버지의 시선이 향했던 목련 꽃을 바라보았다. 화사한 자태를 드러내고 있는 목련을 바라보자 은근히 가슴이 두근거리기 시작했다. 요즈음 주변에서 쉬쉬하며 오고가는 말들이 떠오른 탓이었다.

거의 집을 벗어나지 않는 어머니가 최근 들어 외출하는 일이 빈번하게 발생했다. 그와 관련하여 주변에서 바로 정숙 자신 때문 즉 혼기가 임박한 정숙의 중신을 위해 출타하고 있다는 귀띔이 이어졌었다.

목련 꽃을 바라보다 은근히 자신의 모습을 그려보았다. 비록 나이 열세 살로 아직 만개하지는 않았지만 마음은 이미 활짝 피어 있었다. 생각이 그에 이르자 얼굴에서 미세하게 열이 오르기 시작했다.

"글쎄다. 나도 갑자기 연락을 받아 그 이유를 모르겠는데 한번 가서 그 연유를 들어보도록 하자꾸나."

아버지의 표정과 말투를 보아하니 아버지도 그 내막을 모르고 있다 생각하고 다시 목련 꽃을 바라보았다. 그러기를 잠시 후 자신을 보고자 한 숙모를 그려보았다. 숙모에게도 딸이 하나 있지만 얼마 전 가례를 올려 곁을 떠나고 숙부와 단둘이 지내고 있었다.

딸이 곁에 있을 때도 그러했지만 딸을 출가시킨 이후에는 각별하게 정숙을 챙겨주었다. 혹시나 출가한 딸이 그리워 정숙 자신을 보고자 한 게 아닌가 하는, 즉 자신으로 하여금 대리만족을 느끼고자 함이 아닌가 하는 생각까지 일어났다.

그 순간 어머니와 아버지의 사랑을 듬뿍 받고 있는 자신을 그려보았다. 아니, 아버지와 어머니 특히 아버지께서 입버릇처럼 하던 말을 되새겨보았다. 아버지께서는 자신을 언제고 곁에 두고 함께 살리라고 했었다.

그 생각에 이르자 혹시 자신을 보고자 한 사람이 숙부가 아닐까 하는 생각까지 일어났다. 숙부와 숙모에게는 오로지 외동딸뿐이었는데 그 딸이 곁을 떠나자 아버지의 심정을 느끼기 위해 보고자 한 게 아닌가 하는 생각이었다.

이런저런 생각으로 걸음을 지속하자 궁궐 가까이에 위치한 숙부의 집이 웅장한 모습을 드러냈다. 대문에 이르자 마치 사전에 기별이라도 있었던 듯 하인이 다가와 머리를 조아리고 곧바로 집 안으로 안내했다.

 집 안으로 들어선 순간 정숙이 질끈 눈을 감았다. 정숙의 시선에 들어온 집 안 풍경은 한마디로 도떼기시장을 방불케 할 정도로 사람들이 분주하게 움직이고 있던 때문이었다. 잠시 후 눈을 뜬 정숙이 차근하게 사람들의 움직임을 주시했다.

 마냥 바쁘게 움직이고 있었던 게 아니라 사전에 약속이나 되었다는 듯 일사불란하게 움직이고 있었다. 그 광경을 바라보는 중에 저만치서 숙부와 숙모가 다가오는 모습이 시선에 들어왔다. 심온과 정숙 역시 서둘러 다가갔다.

 "무슨 일이 있는 거냐?"

 가볍게 상견의 인사가 끝나자 심온이 아리송한 표정을 지으며 심종과 공주를 번갈아 바라보았다.

 "그게…. 부인이 말해주구려."

 심종이 말하다 말고 난처한 표정을 지으며 자신의 아내를 바라보았다.

 "실은 오늘 저녁에 오라버니인 주상 전하께서 방문하신다는 기별을 주어서 급히 모셨습니다."

"뭐라, 주상 전하께서!"

"오후에 인덕궁을 방문하여 상왕 전하(정종)와 술자리를 마치고 환궁하는 길에 방문하신다 하였습니다."

이방원에게 보위를 넘긴 정종이 상왕으로 물러난 이후 인덕궁에 머물러 있던 터였다. 인덕궁의 정확한 위치는 알 수 없으나 경복궁 서쪽으로 왕궁과 그리 멀지 않은 지점에 있었던 것으로 추측된다.

"그런데 왜 나를 아니, 이 아이를 데려오라 한 게요?"

"전하께서 직접 정숙을 보고자 원하셨습니다."

공주가 차분하게 대답하자 심온의 시선이 정숙에게 꽂혔다. 순간 정숙의 가슴이 콩닥거리기 시작했다.

"전하께서 우리 아이를 보자고 한 이유를 알 수 없는가요?"

"상세하게 말씀드릴 수는 없지만 셋째 아들인 도(후일 세종)의 가례 문제로 보자고 한 듯합니다."

갑자기 심온의 표정이 심각하게 변해갔다.

"부인, 그러지 말고 자초지종을 말해주도록 해요."

심온의 표정을 살핀 심종이 마뜩치 않다는 듯 자신의 아내를 바라보자 공주가 주위를 둘러보다 방으로 이끌었다. 모두 방에 들어 자리하자 공주가 정숙의 위아래를 훑어보았다.

"미처 알지 못했는데 우리 정숙의 자태가 이렇게 고울 수 있을까, 여자인 내가 보아도 시샘 날 정도네."

공주가 느닷없는 말을 꺼내자 심종이 헛기침하며 눈치를 주었다.

"그래요, 상세하게 말씀드리겠습니다. 얼마 전에 궁궐에 들어 오라버니와 대화를 나누는 중에 셋째 왕자 이야기가 나왔어요. 이제 가례를 준비할 나이가 되었다는 말 말이에요. 그래서 제가 그 자리에서 정숙을 이야기했지요."

공주가 잠시 말을 멈추자 정숙의 목으로 마른침이 넘어가고 있었다.

"그랬더니요?"

정숙의 마음을 심온이 알아챘는지 이야기를 재촉했다.

"이야기 꺼내기 무섭게 오라버니께서 가례를 성사시키자는 답이 나왔습니다. 그리고 오늘 저녁 정숙을 보고 시아주버니와 담판을 짓겠다고 하여 이렇게 황망하게 모셨습니다."

이야기를 듣고 난 심온이 가볍게 한숨을 내쉬었다.

"왜요, 형님. 무슨 문제라도 있습니까?"

"당연히 황공하게 받아들여야 할 일이지만 마음 한편에서 개운하지 못한 생각이 일어나서 그러는구나."

"무슨 이유 때문인가요?"

말을 받은 심종이 자신의 아내와 정숙을 번갈아 바라보았다.

"너와 제수 씨의 가례 말이다."

심종과 경선 공주와의 가례는 다분히 정략적이었다. 고려조의 명문 세족 출신인 정숙의 할아버지 심덕부의 조력을 필요로 한 이성계가 자신의 딸인 경선 공주와 심덕부의 아들과 혼인관계를 맺으면서 심덕부를 회유한 바 있다.

"저도 그런 생각하지 않은 건 아닌데 지금은 그때와는 상황이 상당히 바뀌지 않았는지요?"

공주가 조심스럽게 운을 떼었다.

"물론 그렇지요. 그렇더라도 왕자와 딸아이가 가례를 올린다면 모양새가 그렇게 좋아 보이지 않는군요."

"내 처형이 정숙의 시아버지가 되고 또 형님은…."

심종이 심온의 말을 새기는지 마저 말을 끝맺지 못하고 자신의 아내 그리고 정숙을 뚫어져라 바라보았다.

"여하튼 주상께서 오신다고 하니 우리가 이 자리에서 왈가왈부할 일은 아닌 듯하네. 그러니 이 이야기는 이쯤에서 끝내고 주상을 맞을 준비에 만전을 기하도록 하세."

"그러면 형님은 저와 함께 밖으로 나가서 의전 문제를 살펴주시고 부인은 정숙을 준비시키도록 해요."

말을 마친 심종이 자리에서 일어나자 심온 역시 일어나면서 정숙을 찬찬히 훑어보며 아우의 뒤를 따랐다. 아버지가 방을 나서는 뒷모습을 바라보는 정숙의 표정에 아쉬움이 역력했다. 그를 간파했는지 공주가 정숙의 손을 잡았다.

"표정이 왜 그러니?"

"너무나 급작스럽게 일이 돌아간다 생각하니…."

차마 자신을 내팽개치고 돌아선 아버지가 야속하다고 말할 수는 없는 터라 말을 채 끝맺지 못하고 우물거렸다.

"그렇겠지, 그 마음 숙모도 충분히 이해한다."

"그런데 방금 전 아버지가 말씀하셨던 내용, 숙부와 숙모의 가례를 들어 난색을 표하셨는데 그게 무슨 말인가요?"

정숙이 딱 부러지게 질문하자 숙모가 잠시 한숨을 내쉬었다.

"네 아버지가 걱정하는 일은 셋째 왕자와 너의 가례가 주상이 너의 가문을 이용하기 위함이 아닌가 하고 걱정하는 거야."

"이용하다니요?"

"숙부와 숙모의 가례는 내 아버지께서 조선을 건국하시면서 고려의 명문세족 출신으로 막강한 영향력을 행사하고 있던 너희 집안의 도움이 절실했었고 또 그런 차원에서 가례가 성사되었거든. 그런데 지금은 조선이 확고하게 기반을 다진 만큼 그럴 일은 없을 거야. 그런데 그런 사정을 잘 알고 있는 주상께서 너희 집안에 고마운 마음은 남아 있고 그런 차원에서 일이 이루어진 거야."

할아버지 생전에 할아버지 무릎에 앉아 귀가 닳도록 가문에 대해 들었었다. 정숙이 이해된다는 듯이 고개를 가볍게 끄덕였다.

"그건 그렇고 이제 네 모습을 치장…."

공주가 말하다 말고 정숙을 찬찬히 훑어보았다.

"숙모, 왜요?"

"네 자태가 너무나 고와 차라리 치장하지 않는 게 좋을 듯한 생각이 일어나는구나. 오히려 치장이 네 고운 자태를 훼손할 듯 보여."

"지나친 과찬이세요."

"아니야. 그저 얼굴에 가볍게 분칠이나 하고 기다리자꾸나."

공주가 직접 정숙의 얼굴과 옷매무시를 봐주고 이런저런

대화를 나누는 중에 밖이 소란스러워지기 시작했다. 그리고 어느 한 순간 '주상 전하 납시오!' 하는 우렁찬 목소리가 들려왔다. 순간 정숙에게 희한한 일이 일어나고 있었다.

마음은 빨리 자리에서 일어나야 한다는 생각이 가득 찼지만 몸에서 모든 기운이 빠져나간 듯 조금도 미동을 할 수 없었다. 그 모습을 바라보던 공주가 빙긋이 미소 지으며 정숙의 팔을 잡았다.

"지금 일어날 필요는 없고 그리고 주상 전하가 아닌 이 숙모의 오라버니라 생각하거라. 그러면 마음이 훨씬 가벼워질 거야."

"주상 전하께서 숙모를 상당히 아끼시는지요?"

정숙이 오라버니를 되뇌며 언제 그랬느냐는 듯 환하게 미소지었다.

"그야 당연한 일 아니겠니. 자신의 여동생인데."

공주 역시 환하게 웃으며 정숙의 얼굴을 가볍게 쓰다듬어주고는 문가로 다가가 밖의 동정을 살피기 위해 살며시 문을 열었다. 정숙 역시 자동적으로 공주의 행동을 쫓았다. 바로 그 순간 이방원이 아버지, 숙부와 함께 모습을 드러냈다.

"사랑채로 드시지 않고…. 그곳에 자리를 준비하였는데…."

"장차 내 며느리 될 아이가 이곳에 있다고 해서 내가 바로 이리로 들었네."

이방원이 호탕하게 말하고 공주 뒤에 엉거주춤하게 서 있는 정숙을 뚫어져라 바라보았다. 그러기를 잠시 후 감탄의 단말마를 내지르며 방 아랫목에 털퍼덕 주저앉았다.

"매제 그리고 사돈, 우리 편하게 자리합시다!"

압박

# 삽박

"어떻게 하실 생각이신가요?"

한겨울에 일찌감치 귀가한 심온이 안채에 들자마자 정숙을 불렀다. 정숙이 방에 든 순간 어머니 안 씨가 근심 가득한 표정을 지으며 입을 열었다. 정숙이 의아한 표정을 지으며 두 사람을 번갈아 바라보았다.

"그러지 말고 어서 자리하거라."

아버지의 인자하기 짝이 없는 말투를 느끼며 방금 어머니가 한 말의 의미를 새겨보았다. 아니, 지난 봄에 숙모 집에서 있었던 일을 떠올렸다.

"매제 그리고 사돈, 우리 편하게 자리합시다!"

사돈이라는 호칭에 심온이 의아한 표정을 지으며 이방원을 주시했다. 인덕궁에서 적지 않은 술을 마셨는지 이방원이 붉게 물든 얼굴로 잠시 생각에 빠져들었다. 이어 소리 나게 웃음을 터트리기 시작했다.

"내가 결례를 범했구려, 우리는 이미 사돈지간인 걸 착각했으니 말이오."

웃음을 멈추자마자 이방원이 자신의 무릎을 힘껏 내리쳤다.

"전하, 결례라니요. 군신 간에 결례라는 용어는 가당치 않습니다."

"그야 당연하오. 그런데 우리는 군신 관계 이전에 사돈 아니오."

사돈에 힘을 주어 말하면서 심종과 경선공주를 바라보았다.

"그건 그렇고 사돈의 여식을 대하니 명불허전이 괜한 말이 아니다 싶소."

"전하, 그보다도…."

심온이 말하다 말고 곤란한 표정을 지었다.

"왜 그러오?"

"전하, 소신이 불편하여 그러니 그저 하대해주십시오."

"매제는 뭐하는 게야, 처형이 왔으면 술이라도 한 잔 내어놓아야 하는 게 아닌가!"

이방원이 심온의 말을 묵살하고 익살스런 표정을 지으며 심종을 바라보았다.

"사랑채에 자리를 마련해놓았는데, 오라버니가 이곳으로

곧바로 들었으니 그렇지요. 그렇지 않아도 지금 상을 옮기고 있으니 금방 준비될 거예요."

공주가 생풍맞은 표정을 지으며 심종 대신 말을 받자 이방원이 정숙을 바라보았다. 그 시선을 받은 정숙이 어쩔 줄 몰라 하자 공주가 급히 정숙에게 다가섰다.

"주상 전하께 인사드려야지."

"허허, 주상 전하라니. 그냥 시아버지 되실 분이라고 해야지."

이방원이 슬그머니 추임새를 넣고는 심온을 바라보았다. 방금 전 심온이 언급한 내용에 대해 대답한 것처럼 말이다. 공주가 그를 무시하기라도 하듯 정숙의 팔을 잡고 정숙이 큰절 올리는 일을 도와주었다.

"그래, 지금 나이는 어떻게 되는고?"

정숙이 큰절을 올리고 자리하자 이방원의 은근한 말이 이어졌다.

"올해 열… 셋이옵니다."

"그렇다면 돼지띠로세. 우리 도(세종의 아명)가 소띠이니…. 한번 따져보…. 둘이 완전 천생연분이로세."

손가락을 접었다 폈다 하던 이방원이 흡족한 표정을 지었다.

"전하, 재고해주십시오!"

심온이 부복하며 가래 섞인 소리로 간청했다. 갑작스런 심온의 행동에 이방원은 물론 심종과 공주 역시 의아한 표정을 지었고 그 모두를 바라보는 정숙의 얼굴은 그야말로 곤혹감으로 가득찼다.

"재고해달라니, 그 무슨 소리요?"

심온이 즉답을 피하고 아우 부부를 바라보았다.

"말인즉 우리 두 가문이 이미 사돈 관계로 맺어진 마당에 그 부분이 마음에 걸린다 이 말이오?"

이방원이 심온의 시선이 향하는 두 사람을 바라보며 잠시 생각에 잠겨 들었다. 그 모습을 살핀 심온이 나지막하게 입을 열었다.

"저희 가문만으로 보자면 너무나 황공스러운 일입니다. 그러나 조정에서 바라볼 경우 저희 가문의 욕심으로 비쳐지지 않을까 보아 그 일이 걱정스럽습니다. 또한 저의 딸아이는 비록 남자 형제들은 있지만 큰딸로 응석받이로 자라서 감히 왕자님의 배필로 제 역할을 다하지 못할까 그것이 두렵습니다."

간곡하게 말을 이어가는 심온을 이방원이 게슴츠레한 표정을 지으며 바라보았다.

"전하, 부디 통촉하여 주시옵소서!"

심온이 쐐기를 박듯 더욱 간절한 표정을 짓자 이방원의 얼굴에 망연자실한 듯한 기운이 흘러내렸다.

"매제, 내가 참으로 이해하기 힘든데 겹사돈이 문제 될 거 있는가?"

"전혀 문제 될 거 없습니다. 이거이 대감의 경우도 있지 않습니까?"

이거이는 조선 건국 후 평안도 병마도절제사, 참지문하부사 등 여러 벼슬을 거쳤다. 그 과정에 두 차례에 걸쳐 일어난 왕자의 난 때 핵심 역할을 한 공신 중의 공신으로 장남인 이애는 태조의 적장녀인 경신공주와 또 다른 아들인 이백강은 이방원의 적장녀인 정순공주와 결혼했던 터였다.

"내가 사돈이 염려하는 바를 모르지는 않소. 그러나 내 경우 셋째 아들 도에게는 이 조선 최고의 여인을 배필로 정해주어야만 마음이 편하다오. 그 아이의 경우 남다를 정도로 군주의 기질을 지니고 있으나 군주가 될 수 없으니 내 마음이 편치 않아 그런다오. 그러니 나를 살려준다는 차원에서 결정해주기 바라오."

"자리하도록 하라니까."

엉거주춤하게 서 있는 정숙을 향해 다시 심온의 목소리가 이어졌다. 안 씨 역시 정숙에게 부드러운 시선을 주었다.

"오늘 네 아버지가 대언의 직을 제수받으셨다고 하시는구나."

대언은 승정원에 속한 정3품의 벼슬이다. 당시까지 종3품의 대호군으로 무신이었던 심온이 승진과 함께 문신의 직을 제수받았음을 의미했다.

"그 일이 저와 관계 있는지요?"

조신하게 자리 잡은 정숙이 두근거리는 가슴을 진정시키며 힘들게 입을 열었다.

"아무래도 관련 있지 않겠느냐. 주상을 뵌 지 얼마 되지 않은 시점에 그리고 셋째 왕자와 혼담이 오가는 중에 벌어진 일이니 말이다."

지난 3월 중순에 아우 심종의 집에서 이방원을 만났다. 그리고 12월에 대언으로 승진했으니 다분히 그런 생각을 지닐 수 있었다.

"다른 사람들의 경우도 그런 경우를 어렵지 않게 발견할 수 있지 않은지요?"

"물론 그런 측면이 있소. 그러나 왠지 석연치 않아 그렇소."

"그 이유를 여쭈어보아도 될까요?"

"금번에 함께 대언의 직을 제수받은 사람들의 경우를 살펴보아야 할 일이오."

심온과 함께 대언의 직을 받은 사람들은 유두명과 안순으로, 유두명은 사헌부의 종 3품직인 집의 출신이었고 안순은 고려의 명신인 안축의 증손으로 그 역시 문신 출신이었다.

"서방님의 주장이 일리는 있네요. 그런데 설령 특진이 있었다고 해도 서방님은 왜 정숙과 왕자의 가례를 주저하시는지요?"

안 씨가 의아한 표정을 지으며 묻자 심온이 정숙을 바라보며 가볍게 혀를 찼다. 순간 정숙의 가슴이 철렁 내려앉았다. 비록 말을 못하고 있지만 은근하게 셋째 왕자와의 가례에 대해 가슴을 콩닥이고 있었던 때문이었다.

"우리가 이 아이를 어떻게 키워왔소."

"그야 말할 필요 없지요. 금지옥엽처럼 대해왔지요. 그렇지만 혼기가 찬 만큼 이제는 보내주어야 하지 않겠어요?"

"당연한 말이오. 우리가 언제까지 이 아이를 데리고 살 수는 없는 노릇이지요. 그런데…."

"그런데요?"

되묻는 안 씨 부인의 한쪽 눈썹이 치켜 올라갔다.

"부인은 왕자의 아내로 사는 삶을 생각해보았소?"

"그야…."

안 씨 부인이 제대로 대답하지 못하고 우물거렸다.

"왕세자도 아닌 그냥 왕자의 아내로 사는 삶은 허울만 좋을 뿐이지 그 내막을 살피면 그저 아무것도 아닌, 차라리 일반 백성들의 삶만도 못하지 않소. 완전히 궁궐의 삶의 방식에 종속되어 자유를 상실하고 말지요."

"어떻게 보느냐에 따라 다르지 않은가요?"

"부인의 생각을 이야기해 주겠소?"

말은 아내에게 했지만 시선은 정숙에게 주었다. 정숙이 순간적으로 움찔거렸다. 그러기를 곧바로 아버지 곁으로 다가갔다.

"그보다도 먼저 시대가 바뀌지 않았습니까?"

"그 이야기는?"

"고려의 관습을 떠나 이제는 조선의 관습에 맞추어야 하지 않는가요? 저 역시 그래서 감수하고 있지 않습니까."

심온의 표정이 급격히 어둡게 변해갔다. 심온 역시 정실부인 외에 첩을 두고 있었던 때문이었다.

"결국 부인은 왕자와 가례를 올리자는 이야기인데, 그래, 정숙의 생각은 어떠하냐?"

심온이 곤란한지 정숙을 바라보았다.

"그보다도 아버지께서 걱정하시는 이유를 명확히 말씀해 주셔야…"

말은 그리했지만 실제로는 어머니에게 묻는다는 듯이 어머니에게 시선을 주었다.

"그래, 이 어미가 이야기해주마. 일반 사람들과는 달리, 물론 네 아버지처럼 예외인 경우도 있지만, 일부일처제가 정상적임에도 불구하고 왕자의 경우에는 여러 부인을 둘 수 있고 또 철저하게 남편에게 종속된 삶을 살 수밖에 없어서 네 아버지가 그를 걱정하고 있는 거야."

"전혀 자유가 없는가요?"

"그야 경우에 따라 다르겠지만 지금 우리 집안에서 네가 차지하는 비중과는 상당히 다르다고 보아야지."

정숙이 아버지와 어머니의 삶을 돌아보았다. 어머니를 끔찍이도 아끼는 아버지께서 한순간의 실수로 첩을 들이지 않을 수 없는 상황에 처했다. 그러나 어머니께서 그를 감내하고 가정을 화목하게 이끌고 있었다.

이어 일전에 만났던 이방원을 떠올려보았다. 정숙의 눈에 비친 이방원의 모습은 이도저도 아니었다. 아버지처럼 시원시원하게 생기지도 않았고 그렇다고 귀공자 상도 아닌 어중이떠중이 상이었다.

어떻게 그런 사람이 임금이 되었는지 의아했다. 들리는 바에 의하면 이방원이 아닌 그의 아내와 그녀의 인척의 전폭적인 지원을 받아 임금이 될 수 있었다고 했다. 그 대목에 초점을 맞추어보았다. 임금이 될 수 없었음에도 불구하고 임금의 자리에 앉은 부분 말이다.

자신과 가례를 올리려 하는 사람이 비록 셋째 왕자지만 왕비의 집안과 필적할 만한 자신의 집안이 함께 힘을 합친다면 어쩌면 그 사람이 임금이 될 수도 있겠다는 생각이 일어났다. 그 생각에 이르자 아무도 눈치채지 못하게 슬그머니 미소를 머금었다.

"아버지, 어머니. 저는 두 분의 말씀을 따르도록 하겠습니다. 그러나 그쪽에서 그렇게 열정적으로 저를 원한다면 저로서도 나름의 역할을 할 수 있을 거라 생각 들어요. 그러니 조금도 염려 마시고 결정해주세요."

압박

# 고속가례

## 고속 가례

"정숙의 가례 날짜를 2월 16일로 잡았습니다."

"무엇이라고요!"

새해가 시작된 지 얼마 지나지 않은 저녁 무렵 아버지 심온과 어머니와 함께 망중한을 즐기는 중에 숙부 심종과 숙모가 방문했다. 방에 자리하자마자 숙모가 상기된 표정으로 말문을 열자 어머니께서 놀란 표정을 지으며 목소리를 높였다.

"그게 무슨 말입니까. 왕세자(후일 양녕대군)가 가례를 올린 지 6개월도 지나지 않았고 둘째 왕자는 아직도 가례를 올리지 않았는데."

"물론 그렇습니다만, 세자의 가례가 늦어진 데에는 그만한 이유가 있었지요."

심온이 난감한 표정을 짓자 숙모 역시 어색한 표정을 지으며 말을 이었다.

세자의 경우 지난해 7월에 김한로의 딸과 가례를 올렸고 둘째 왕자(효령대군)의 경우 아직도 홀로였던 터였다. 물론 세자의 가례가 늦어진 데에는 그럴 만한 이유가 있었다. 애초에 이방원은 세자의 가례 대상으로 명나라 황제의 딸을 희망했었다. 물론 명나라에 대한 자신의 충성심을 확고히 하고자 함이었다.

그런 연유로 이방원은 명나라에서 온 사신 황엄을 통해 명나라 황제에게 자신의 의사를 전했다. 그 자리에서 황엄 역시 흔쾌히 동조하고 명나라로 돌아갔으나 다시 방문한 황엄으로부터 그와 관련하여 한마디 말도 듣지 못했다.

이방원은 이를 살피며 명나라 황제가 자신의 딸과 세자의 가례를 마땅치 않다 여기고 즉 자신의 실수로 인정하고 뒤늦게 김한로의 딸과 가례를 올리게 되었다.

"그렇다면 둘째 왕자를 제치고 먼저 가례를 올린다는 말입니까?"

"그럴 수는 없는 노릇이지요. 그래서…."

숙모가 말하다 말고 가볍게 한숨을 내쉬었다.

"주상께서 무리수를 두시려는 모양입니다."

"무리수라 하시면 무엇을 의미하는지요?"

이번에는 어머니가 나섰다.

"이번 달에 둘째 왕자의 가례를 올리려 하십니다."

"네!"

아버지와 어머니가 동시에 입을 열었다.

"아마도 우사간대부(사간원 정3품) 정역의 딸이 그 배필이 될 것입니다."

"될 것이라는 말은 아직 확실하지 않다는…."

"오라버니께서 반드시 성사시킬 것입니다."

"주상께서 작정하셨다면 그리 되겠지요. 여하튼 그 집안도 상당히 황당해하겠는데. 그런데 왜 이리도 서두르는지 그 이유를 알 수 없을까요?"

숙모를 바라보는 어머니의 표정이 간절했다.

"두 분이 한번 헤아려 보시지요."

숙모가 아버지와 어머니를 바라보며 말을 건네자 정숙이 지난번 만났던 이방원의 말을 떠올렸다. 당시 이방원은 농담조로 이야기했지만 자신을 가리켜 조선 최고의 여인이라 지칭했었다. 생각이 그에 이르자 은근히 몸이 달아오르기 시작했다.

"결국 우리 정숙을 놓치지 않기 위해서…."

"형님, 여러 가지 포석이 깔려 있다고 보는게 정확하지 않을까요?"

"아우 말이 맞을 듯하네. 전에도 잠시 언급했지만 정략적 측면이 강하게 작용했다고 보는 게 타당할 듯하네."

심온이 말하다 말고 숙모를 바라보았다. 마치 보충 설명을 이으라는 듯이. 그를 간파했는지 숙모가 가볍게 한숨을 내쉬고 조심스럽게 입을 열었다.

"그래요, 시간 문제지 조만간에 조정에 적지 않은 변화가 일어날 듯해요."

"그게 무슨 말인가요?"

어머니가 숙모와 심온의 얼굴을 번갈아 바라보았다. 시선을 받은 아버지가 밭은 기침하고는 시선을 숙모에게 주었다.

"오라버니가 세자의 가례를 끝내고 사돈인 김한로 대감을 따로 불러 당부한, 지엄하게 이른 말이 있어요."

"무슨 말인데요?"

숙모가 잠시 말을 멈추자 어머니가 급하게 끼어들었다.

"민 씨 집안을 경계하고 멀리하라는 말이었습니다."

"민 씨라면?"

"당연히 세자의 외가를 이름이지요."

"중전마마의 친정을!"

세자와 김한로의 딸이 가례를 올리기 전해인 1406년 이방원은 세자인 양녕대군에게 선위하고자 했다. 당시 모든 신하들과 심지어 백성들도 선위의 부당함을 역설하며 강하게 반대했건만 원경왕후의 동생인 민무구와 민무질은 그를 기뻐하며 반기는 일이 있었다.

또한 선위를 무마한 시점에 이르러 민 씨 형제들은 그 일에 대해 상당히 불만스럽다는 반응을 보였다. 이방원이 그를 확인하는 과정에서 민무구 형제가 세자 이외의 아들은 필요하지 않다고 한 말이 이방원의 귀에 전달되었다.

그런데 그 말이 세자 이외의 왕자들을 모두 제거하겠다는 이야기로 비약되었다. 그에 직면하자 모든 신하들이 민 씨 형제들이 반역의 의사를 지니고 있다 하여 죄를 청하고 결국 민 씨 형제들은 귀양 가기에 이르렀다.

"지금 장인인 민제 대감 때문에 주저하고 있지만, 오라버니와 민 씨 집안과는 실질적으로 절연된 상태로 보아도 무방합니다."

"그래서 민 씨 가문을 대신해서 우리 집안과 연을 맺으려 한다는 말입니다."

"반드시 그렇다고는 할 수 없지만 아무래도 오라버니 입장에서는 민 씨 집안과 필적할 만한 가문과 연을 맺는 일이 이

롭지 않겠어요."

"그는 제수씨의 지나친 비약이 아닌가 싶습니다."

심온이 숙모와 아내의 대화에 슬그머니 끼어들었다.

"시아주버니께서 지나치게 겸손의 말씀을 하십니다. 작고 하신 시아주버니의 아버지를 떠나서 형제분들을 살펴보세요. 첫 시아주버니(심인봉)께서는 중군총제로 그리고 심징 시아주버니는 대장군, 심정 시동생은 대호군으로 그리고 시아주버니와 제 서방은…."

"그건 그렇고 또 다른 이유라도 있소?"

잠자코 대화를 듣고 있던 심종이 슬그머니 끼어들었다.

"물론 가문도 중요하지만 오라버니가 정말로 주목하는 대목은 바로 우리 정숙의 자태와 성정 때문으로 보입니다. 아니, 오라버니가 그렇게 말씀하셨구요."

"주상께서 우리 정숙을 너무나 어여삐 여겨주신 듯합니다만."

"단지 오라버니만의 생각일까요?"

심온이 의아하다는 표정을 짓자 숙모가 슬그머니 소리를 높이며 정숙의 손을 잡았다.

"정숙을 바라보면 일전에도 언급했었지만 숙모 관계를 떠나서 여자인 제가 부러울 정도입니다."

진정을 담아 이야기하자 정숙의 하얀 얼굴이 발갛게 물들어갔다.

"그 대목은 나도 인정하는 바요."

심종이 환하게 미소를 지으며 정숙을 주시했다. 정숙의 발갛게 변한 얼굴에서 열기가 피어오르고 있었다.

"제수씨, 그런데 주상의 진정한 의도가 무엇인지, 왜 우리 정숙인지 구체적으로 아는 바 있으면 알려주지 않겠어요?"

심온이 단도직입적으로 질문하자 숙모가 잠시 호흡을 고르고 정숙을 바라보았다.

"셋째 왕자인 도에 관해 먼저 말씀드려야 할 일입니다."

숙모가 잠시 말을 멈추자 모두가 긴장하기 시작했다.

"일전에도 오라버니가 이야기했지만 비록 세자가 정해져 있지만 도 역시 세자 못지않은, 오히려 세자를 능가할 정도의 자질을 지니고 있습니다."

숙모의 목소리가 서서히 갈리고 있었다. 그를 듣는 정숙의 목으로 마른침이 넘어가고 있었다.

"그런 이유로 오라버니의 근심이 깊어지고 있는데, 결국 정숙의 역할은 도의 마음을 다잡도록 하기 위함이 아닐까 생각합니다."

숙모가 근심스런 표정을 짓자 심온이 가볍게 한숨을 내쉬었다.

"왜 그러세요?"

"내 짐작이 들어맞는다 생각하니 나도 모르게 저절로 한숨이 나왔다오."

어머니의 질문에 심온이 무겁게 대답했다.

"구체적으로 말해보세요."

"셋째 왕자가 왕자의 직분을 철저하게 이행할 수 있도록, 언감생심 세자 자리는 꿈도 꾸지 말고 정숙에게만 오로지 하라는 의미로 들린다 이 말이오."

"바로 그런 뜻입니다."

숙모가 단호하게 말을 맺자 방 안의 모두가 서로의 얼굴을 바라보며 야릇한 표정을 지었다.

# 2월 16일

## 2월 16일

"할아버지, 저 산 이름이 무엇이에요?"

할아버지 심덕부의 손에 이끌려 개경의 저잣거리를 벗어나자 저만치 앞에 단풍이 곱게 물든 산의 모습이 시선에 들어왔다.

"저 산이 바로 천마산이란다. 그리고 그 옆에 보이는 산이 성거산이고. 그런데 왜 할아버지가 우리 정숙을 이곳으로 데리고 왔는지 아니?"

할아버지의 질문에는 아랑곳하지 아니하고 정숙이 연신 탄성을 내지르고 있었다.

"그리도 좋으니?"

"당연하지요. 단풍이 너무나 고와요. 그리고 할아버지가 곁에 있으니 그야말로 천국이 따로 없네요."

"할아버지가 그리도 좋으니?"

"제가 할아버지를 얼마나 좋아하는지 모른다는 말이에요?"

"그 이유를 알려주겠니?"

"그야 이를 말인가요. 할아버지 때문에 아버지가 계시고 그래서 제가 이렇게 존재하잖아요."

"허허, 요 녀석이."

심덕부가 흡족한 듯 정숙을 잡은 손에 힘을 주었다.

"그런데 할아버지. 왜 이곳에 저를 데리고 오셨는지요?"

"우리 정숙에게 진짜 천국을 보여주고 싶어서 함께 왔지."

"진짜 천국이요?"

정숙의 눈이 동그랗게 변해갔다.

"저기 보이는 천마산과 성거산 사이에 그야말로 멋진 폭포가 있단다. 할아버지만 보자니 너무 아까워서 우리 정숙에게 선을 보여주려고 가는 거야."

"폭포요, 폭포 이름이 무엇인데요?"

"박연이라는 이름을 들어본 적 있니?"

정숙이 잠시 자리에 멈추어 박연을 되뇌었다.

"들어본 적은 없는데, 혹시 사람 이름 아닌가요?"

"사람 이름이라, 그럴 수도 있겠구나."

"왜요?"

"할아버지가 설명해줄 테니 우리 정숙이 답해보거라."

『박연폭포는 일명 산성폭포라고도 하며 천마산과 성거산 사이에 화강암 암벽에 걸쳐 흘러내리는 폭포다. 박연(瓢淵)이란 이름이 생긴 이유는 폭포 위 너럭바위에 바가지 모양으로 파인 연못에서 유래되었는데 그래서 박을 표주박을 의미하는 박(瓢)을 사용했다.

그런데 이와 관련하여 박연의 박을 성 씨로 박연(朴淵)으로도 표기하는데 그럴 만한 이유가 있다. 옛날에 박 씨 성을 가진 사람이 폭포 위에서 피리를 불었는데 그 피리 소리가 너무나 아름다워서 그에 감동한 용왕의 딸이 그 사람을 데려가 남편으로 삼았다.

그러자 아들이 돌아오기를 학수고대하던 어머니가 아들이 폭포에 떨어져 죽었을 거라 확신하며 자신 역시 폭포에 떨어져 목숨을 잃게 된다. 그런 연유로 박 씨 성을 따서 박연이라고도 한다.』


설명을 마친 심덕부가 서서히 걸음을 옮기고 정숙 역시 바짝 붙어 움직이기 시작했다.

"그런 경우라면…."

정숙이 막상 말문을 열었으나 마저 끝내지 못했다.

"왜, 뭐라 단정하기 힘들어 그러니?"

"하나는 폭포의 생긴 모습에서 그리고 다른 하나는 전설에 따라 이름을 지었으니…."

정숙이 역시 말을 끝까지 마치지 못했다.

"그런 경우라면 우리는 어떤 이름을 취해야 할까?"

이른바 실상과 전설의 문제였다. 정숙이 마치 그에 대해 골몰한다는 듯 폭포를 뚫어져라 바라보며 잠시 침묵을 이어갔다. 그런 정숙의 모습을 심덕부가 흡족한 표정을 지으며 바라보고 있었다.

"그래, 결정했니?"

심덕부의 질문에 정숙이 대답 대신 심덕부를 빤히 바라보았다.

"왜, 아직도 결정 못했니?"

"아무래도 표주박을 의미하는 박연이란 이름이 합당하다고 생각되지만 또한 전설 역시 무시 못하겠어요."

"전설은 그냥 전설 아닐까?"

심덕부가 전설에 힘을 주어 말하자 정숙 역시 전설을 되뇌었다.

"할아버지는 표주박을 의미하는 박연이 더욱 합리적이라는 말씀이시네요?"

"이 할아버지가 왜 할아버지 손녀의 이름을 정숙으로 지어주었는지 생각해본 적 있느냐?"

"갑자기 제 이름은…."

"할아버지가 정숙이란 이름을 지었을 때는 할아버지 손녀의 자태가 너무나 고왔고 또 이후 마음씨도 곱게 자라라고 그리 지어준 거야. 즉 이름은 사람 또는 물체의 정체를 밝히는 거지."

"할아버지 말씀이 옳은 듯 보여요."

정숙이 활짝 웃으며 잡혀 있지 않은 한 팔로 심덕부의 팔을 휘감았다.

"그런데 할아버지, 왜 이 나라는 이름을 조선이라 지은 거예요?"

정숙의 질문이 황당한지 심덕부가 그저 길게 한숨을 내쉬었다. 정숙이 그 모습을 바라보며 아리송한 표정을 지었다.

"혹시 박연폭포처럼…."

"조선은 이 나라의 정체성과는 관계없이 오래전부터 중국의 속국 중 하나였던 조선이란 이름을 명나라로부터 하사받았으니 그렇다고 보아도 무방하지."

"그럴 거면 차라리 고려라는 이름을 그대로 사용하지 그랬어요?"

"명나라가 그를 용납하겠니. 고려는 중국을 상대로 수많은 전쟁을 치르면서 굳건하게 버틴 고구려를 이은 나라라는 의미로 그렇게 지었는데."

삼국 시대에 존재했던 수나라의 멸망 원인은 결국 고구려와의 전쟁 때문이었다. 아울러 그 뒤를 이은 당나라도 고구려와 수많은 전쟁을 치른 바 있다.

"그런데 왜 할아버지는 그를 모른 체하셨어요?"

정숙의 질문이 정곡을 찔렀는지 심덕부가 절로 끙하는 소리를 내질렀다.

"할아버지, 제가 질문을 잘못했나요?"

"아니다. 너무나 정확하게 질문하니까 이 할아버지가 할 말이 없구나."

"그러면 제가 질문을 잘못한 거잖아요?"

"우리 정숙이 운명이란 걸 믿느냐?"

심덕부가 느닷없이 운명을 꺼내고 정숙을 천천히 폭포 상단 부분으로 이끌었다.

"그 말씀은…"

"이 할아버지는 고려란 나라 자체를 그대로 두고 개혁하기를 바랐는데 이 시대는 그를 거슬렀구나."

심덕부는 공양왕이 보위에 앉아 있을 당시 고려의 존속을 위해 노력했다. 결국 그 일로 이성계 일파의 견제로 3개월간에 걸쳐 귀양 생활을 할 정도였다. 그러나 심덕부의 위상으로 인해 이성계는 그를 제거하는 대신 조선 개국 후 회유책을 구사하여 자신의 딸과 심덕부의 아들 간에 혼사를 성사시켜 사돈 관계를 맺으며 우대했다.

"결국 운명은 자신의 의지와는 관계없다는 말씀이네요."

심덕부가 대답 대신 연못으로 시선을 주었다.

"할아버지, 진짜 저 연못이 표주박처럼 파여 있네요."

정숙이 잠시 전까지의 일은 까맣게 잊어버렸다는 듯이 연못과 폭포수를 바라보았다.

"그렇게도 멋있니?"

"할아버지 때문에 이렇게 멋진 곳을 방문할 수 있었네요."

"그렇게 이야기해주니 고맙구나. 이 할아버지도 우리 정숙 때문에 고려의 정신을 잃지 않을 것 같은 생각이 일어나는구나."

"그게 무슨 말인데요?"

"잘못된 일을 바로잡아야 하지 않겠느냐!"

힘주어 말을 마친 심덕부가 정숙의 잡은 손을 풀고 폭포수 가까이 다가갔다.

"할아버지, 너무 위험하니 가까이 가지 마세요!"

"정숙아, 운명이란 자신이 만드는 게 아니라 운명이 사람을 찾아오는 게란다."

다시 힘주어 말을 마친 심덕부가 돌연 폭포 아래로 몸을 날렸다.

"할아버지, 안 돼요!"


"아씨, 정신 차리세요!"

정숙의 귀로 작지 않은 목소리 그리고 자신의 몸을 흔들어 대는 느낌이 찾아들어 눈을 떴다. 몸종인 을순이 근심 가득한 표정을 지으며 정숙을 바라보고 있었다.

"아씨, 무슨 몹쓸 꿈을 꾸신 거예요?"

가만히 손을 뻗어 자신의 이마를 만져보았다. 송글송글 땀이 맺혀 있었다. 지난 며칠간 이상하게도 잠을 쉬이 이룰 수 없었다. 물론 가례를 앞둔 심적 부담감이 중요한 요인이었다. 그런데 지난밤 창을 통해 내리는 봄눈을 바라보다 새벽녘에 이르러 자신도 모르게 잠이 들었던 터였다.

을순의 얼굴을 바라보며 방금 전 꾸었던 꿈을 떠올려보았다. 꿈의 무대 배경이 왜 어린 시절 잠시 머물렀던 개경인지, 왜 할아버지는 그런 말씀을 주셨는지 그리고 왜 할아버지는 그 말씀을 하시고 폭포에 투신했을까 하는 생각이 머리를 휘감았다.

할아버지는 사람이 운명을 만들어가는 게 아니라 운명이 사람을 찾아오는 거라고 했다. 그 생각을 하다 고개를 돌려 창을 바라보았다. 창으로 햇빛이 들어오고 있었다. 그로 보아 밤새 내리던 눈은 그쳤으려니 생각하고 천천히 몸을 일으키기 시작했다.

"지금 시간이 어떻게 되었니?"

"을시(乙時, 오전 6시 30분에서 7시 30분 사이)를 넘어선 지 한참 지났어요."

"벌써 시간이 그렇게 되었다는 말이냐!"

말과 동시에 몸을 일으켜 세워 방문을 열었다. 하얀 눈이 소복하게 쌓인 집안이 하인들로 분주했다.

"잠시 전에 궁에서 왕자님이 출발했다는 전언이 있었어요. 약 한 시간 후면 이곳에 도착한다고 했어요. 그러니 서두르셔야지요."

분명 서둘러야 할 일이다 싶은 생각은 잠깐이었고 다시 할아버지께서 꿈속에서 보인 행동과 말이 머리를 휘감았다. 돌아가신 이후 지금까지 꿈속에서라도 보지 못했던 할아버지께서 무슨 이유로 가례 날짜에 맞추어 꿈에 나타나신 걸까 하는 생각이 일어났다.

  그리고 잠시 후면 자신의 서방님이 될, 아직 얼굴도 보지 못한 셋째 왕자를 그려보았다. 아마도 할아버지께서 자신을 통해 셋째 왕자의 앞날을 예측하신 건 아닐까 하는 아련한 생각까지 일어났다.

  "아씨, 그만 정신 차리시고 준비하셔야지요."

  을순의 말이 끝나기 무섭게 앞에서 어머니가 숙모와 다가오는 모습이 시선에 들어왔다. 두 사람의 모습을 바라보자 정숙이 현실로 돌아오기 시작했다. 잠시 후 어머니와 숙모의 도움으로 본격적으로 가례를 위해 움직이자 은근히 가슴이 콩닥거리기 시작했다.

  "내 조카가 무슨 복이 많아 이런 아이를 신부로 맞이할까."

  오래지 않아 신부 화장을 끝맺고 숙모가 혼자 말하듯 했다. 마치 그게 신호라도 된 듯 어머니가 가벼운 한숨을 내쉬었다. 정숙이 시선을 돌리자 어머니의 눈가로 미세하게 눈물이 흘러내리기 시작했다.

"형님도 정숙이 보내기 아쉬운 모양이지요?"

정숙의 마음을 숙모가 대신해주었다. 그러자 어머니가 정숙에게 다가가 두 손을 잡았다. 정숙은 아무 말도 하지 않고 그저 어머니의 얼굴만 바라보았다. 그러기를 한순간 어머니의 모습에서 꿈에서 함께했던 할아버지의 모습이 떠오르고 있었다.

"마님, 왕자께서 도착하였습니다."

잠시 상념에 잠겨 있는 중에 시끄러운 소리가 집안을 휘감더니 집사가 급하게 다가와 상기된 표정을 지었다. 상기된 집사의 표정마냥 정숙의 가슴도 상기되기 시작했다. 그를 인지하고 정숙이 슬그머니 아랫배에 힘을 주었다.

그 상태에서 자신의 방을 둘러보았다. 이제는 더 이상 머물 수 없다는 생각으로 인해 갑자기 침울한 기분이 일어났다. 그를 감지했는지 어머니가 정숙의 손을 잡아 이끌기 시작했다. 어느새 하인들이 깨끗하게 눈을 치운 마당을 가로질러 움직이자 저만치에 가례를 위해 임시로 세운 천막이 시선에 들어왔다.

그곳에 가까이 다가가자 절로 머리가 숙여졌다. 그러던 한

순간 정숙이 슬그머니 고개들었다. 정숙의 바로 앞에, 나이보다 조금은 더 커 보이는 아이가 눈에 들어왔다. 하얀 피부에 약간 통통하고 눈망울이 초롱한, 선하게 생긴 아이였다.

# 일상

# 일상

"서방님, 이제 일어나야지요."

한참 전에 자리에서 일어난 정숙(가례 후 경숙 옹주로 봉해짐)이 단정하게 옷을 차려입고 아직도 꿈속을 헤매고 있는 왕자 도(가례 직전 충녕군으로 봉해짐)의 손을 잡았다. 동생인 심준과 동갑으로 흡사 동생 같기도 한 도의 자고 있는 모습을 한참 동안 바라보다 창문으로 서서히 햇빛이 밀려 들어오는 모습을 보고 이제는 깨워야겠다 싶어 기어이 손을 잡았던 터였다.

정숙의 부름에도 불구하고 도에게는 전혀 움직임이 나타나지 않았다. 도의 손을 잡은 손을 놓고 양 손으로 도의 볼을 가볍게 쓸며 은근하게 다시 일어날 것을 종용했다. 그러기를 잠시 후 슬그머니 눈을 뜬 도가 언제 자고 있었느냐는 듯 양 팔로 정숙의 어깨를 잡고 자신에게 끌어당겼다.

"일어나셔야 한다고 해…."

정숙이 더 이상 말을 이을 수 없었다. 정숙의 몸이 도에게 기울면서 얼굴과 얼굴이, 정숙의 입이 도의 입과 철석같이 붙어버린 때문이었다. 잠시 그 상태에서 도의 체취를 느끼다 몸을 일으켜 세우려 하자 도가 정숙을 두른 팔에 힘을 주었다.

"부인, 아버지께서 나로 하여금 부인과 연을 맺게 한 사연을 내가 잘 알고 있어요. 그러니 지엄한 아버지의 뜻에 따라야지요."

"그 사연이 무엇인데요?"

"그는 부인도 잘 알고 있지 않소?"

정숙이 은근한 소리로 묻자 도가 슬그머니 목소리를 높였다.

"저는 전혀 감이 오지 않는데요. 그렇다면 우리가 연을 맺은 게 단순히 행복한 가정을 이루기 위함이 아니었던가요?"

"간단하게 이야기해서, 아버지께서는 내가 부인의 치마폭에서 놀라고 이 조선에서 가장 멋진 여인과 연을 맺어준 거 아니겠소."

"설마, 그럴 리가…."

"설마라니요. 정녕 부인이 그 사정을 모른다 할 수는 없소."

"그래서요?"

정숙의 입에서 절로 콧소리가 흘러나왔다.

"그러니 일어날 게 아니라 언제고 이러고 있어야지요."

정숙이 싫지 않은 표정을 지으며 얼굴을 가까이한 상태에서 도를 바라보았다. 목소리는 물론 외모도 아직은 어설퍼 보였다. 그럼에도 불구하고 도의 코에서 뜨거운 기운이 뿜어져 나오고 있었다.

그 기운을 얼굴 전체로 받아들이자 정숙의 얼굴이 달아오르기 시작했다. 순간 도의 몸 가운데에서 정숙을 향해 무엇인가 솟구치고 있었다. 그러기를 잠시 후 태곳적부터 기다리고 있었다는 듯 두 사람이 하나 되어갔다.

\* 이 대목에서 부연 설명해야겠다. 이 시기에 세종의 나이 12세 그리고 소헌왕후의 나이 14세였다. 이와 관련하여 현대인들은 그 나이대에 남녀 간 육체 관계가 정상적으로 이루어질 수 있을까 생각할 수 있다.

그러나 1403년생으로 세종 조에 예조참판과 전라도 관찰사를 역임했던 한혜(韓惠)는 육체관계를 떠나서 그의 나이 12세에 큰아들 한계윤을 낳았다는 공식적 기록이 존재한다. 아울러 지금의 시각이 아니라 동시대에 발생했던 실제 사실을 감안하고 접근해주기 바란다.

"정말 아버지 기대대로 서방님을 버릴 작정인가요?"

일상

두 사람이 짧지 않은 동안 하나 되었다가 다시 분리되자 정숙이 묘한 표정을 지으며 말문을 열었다.

"아버지뿐만 아니라 어머니와 외가 역시 나를 심하게 견제하고 있다는 사실을 모르오?"

이에 대해서는 일전에 숙모를 통해 대강을 전해 들은 바 있다.

"가족 중에서 내 편이라고 해봐야 누나인 경안공주 외에는 없는데 그마저도 시집가고 나서 고립무원에 처해 있다오."

1393년생으로 세종보다 네 살이 많은 경안공주는 권근의 아들 권규와 혼인하여 2남 1녀를 낳지만 1415년 23세의 나이로 사망한다.

"그런 이유로 외삼촌 두 분이 지금 귀양생활하고 있는 것으로 알고 있습니다만."

"비록 상황은 그러하지만 대세에는 아무런 영향을 미치지 않을 겁니다."

"대세라면, 혹시…."

"말이 그렇다는 이야기지요."

정숙이 눈을 동그랗게 뜨자 도가 정색했다. 그의 모습을 잠시 바라보다 다시 말문을 열었다.

"서방님, 혹시 운명에 대해 생각해본 적 있는가요?"

"당연하지요. 지금 내 실정을 봐요. 운명에 가로막힌 내 처지를 자세히 살펴보세요."

"서방님 처지가 어떤데요?"

"왕자지만 임금…."

"혹시나가 역시나네요."

도가 방금 전 상황을 떠올렸는지 쑥스럽다는 듯 어깨를 잠깐 움찔거리다 정숙의 손을 잡았다.

"나도 사람인데 욕심이 왜 없겠어요."

"욕심이라, 맞아요. 동물과 달리 사람은 욕심이 없으면 무슨 의미로 살아갈까요. 당연히 욕심이 있어야지요. 다만, 욕심의 방향이 어떤가에 따라 다르지요. 여하튼 다시 운명에 대해 이야기해 보지요."

정숙이 잠시 말을 멈추자 도가 다음 말을 이으라는 듯 정숙의 입을 주시했다.

"욕심의 존재 여부도 그러하지만 한 인간에게 덧씌워진 운명이 고정불변이라면 그 역시 삶에 있어서 무의미하게 작용하지 않을까요?"

순간 도의 입이 살짝 벌어지고 눈동자를 반짝였다.

"그 표정은 무얼 의미하는가요?"

"부인의 해박함에 그저 감탄할 따름입니다. 어떻게 여인의 신분으로…. 여하튼 부인의 사부가 누구인지 말해줄 수 있겠소."

"혹시 심덕부란 이름을 들어본 적 있나요?"

"그야 당연하지요. 내 할아버지와 호각지세를 이루던 분으로 부인의 할아버지….그러니까 그분에게…."

"이 사회에서는 여자를 등한시하지만 할아버지께서 성장하던 고려에서는 남자와 여자를 동일시여겼고 그로 인해 할아버지로부터…."

"왜 말하다 멈추는가요?"

"이야기하다 보니 갑자기 서방님 생각이 궁금해서요."

"무엇이 말인가요?"

정숙의 표정이 순간 어둡게 변해갔다.

"왜 그러는 거요, 부인."

도가 살갑게 입을 열고 정숙의 손을 잡았다. 정숙이 도의 손에 잡힌 자신의 손을 물끄러미 바라보다 입을 열었다.

"서방님은 잠시 전 여인의 신분을 강조했는데 서방님의 아내인 저를 어떻게 생각하는지 갑자기 궁금해서 그래요."

"그야 이를 말이오, 부인은 내 반쪽 아니, 내 운명 아닌가요?"

정숙이 마치 믿기지 않는다는 듯 눈을 슬며시 흘겼다.

"왜요, 내 말이 믿기지 않는가요?"

"그렇게 생각하는 사람이 어찌 내 생각은 전혀 고려하지 않고 또한 왜 세상일을 안일하게 생각하나요?"

도가 정숙의 말을 헤아린다는 듯이 진지한 표정을 지었다. 그러기를 잠시 후 쑥스럽다는 듯 엷은 미소를 머금었다.

"결국 부인은 모든 가능성을 열어두고 현재의 위치에서 최선을 다하라는 이야기군요. 그래서 잠시 전 운명에 대해 언급한 거구요."

"꼭 그런 이유를 떠나서 왕자라면 왕자다워야 하지 않겠어요. 그저 자신의 신분에 만족하여 살고자 한다면 나중에 어떻게 되겠어요."

도가 가늘게 한숨을 내쉬었다.

"제 말이 잘못되었는가요?"

"그게 아니라, 부인의 말대로 내가 지극정성으로 공부한다면 주변에서 바라보는 시선이 곱지 않을 테니 그러지요."

"제 생각은 서방님과 다른데요."

"어떻게 말이요?"

"이른바 권력의 문제 아닐까 싶어요."

일상

도가 권력을 되뇌며 정숙을 빤히 바라보았다.

"조선 개국 이후 지금까지의 과정을 돌아보세요."

이성계가 조선을 열고 계비인 신덕왕후 강 씨 소생인 이방석을 세자로 내세웠다. 그에 직면하자 이방원을 비롯한 적자들이 정변을 일으켜 정도전을 비롯한 추종 세력들을 제거하고 내친김에 자신의 이복동생인 이방석과 방번 역시 제거했다.

이어 자신의 형 이방과를 보위에 앉혔으나 그 기간은 오래 가지 않았다. 더하여 이방과가 보위에 오른 기간에 이방원의 형인 이방간이 이방원을 제거하고자 기병했다. 결국 난은 실패하여 이방간은 귀양생활에 처하게 되었다. 이어 이방과는 실질적 권력자인 아우 이방원에게 보위를 넘기고 상왕으로 물러났다.

"지금까지의 과정을 살피면 권력은 주고받는 게 아니라 쟁취하는 게 아닌가 싶어요."

도가 의미심장한 미소를 머금으며 방 한쪽으로 시선을 주었다. 그곳에는 서예 도구와 거문고, 비파 등 예술에 필요한 물품들이 놓여 있었다.

"부인, 저것들이 무엇인지 아세요?"

"당연히 알지요, 그런데 그게 왜요?"

정숙의 반문에 도가 아리송한 표정을 지었다.

"무슨 의미인가요?"

"저 물건들의 이름을 아느냐고 물은 게 아닌데…."

도가 말을 맺지 못하고 고개를 흔들었다.

"그러면 저 물건들이 무슨 특별한 의미라도 지니고 있는 가요?"

대답에 앞서 도가 쓸쓸하게 미소지었다. 정숙이 재촉하지 않고 가만히 도의 입을 바라보았다.

"저 물건들은 아버지께서 특별히 내게 주신 물건들이라오. 나는 이 나라 일에 관여할 필요 없으니, 즉 주제 넘은 일에 신경도 기울이지 말고 그저 한평생 즐기며 보내라고 주신 물건들이란 말입니다."

말하는 도의 표정에 언뜻 냉소가 비쳤다.

"그러면 즐기면 될 일 아닌가요?"

"부인, 부인의 진정을 말해주겠어요?"

"둘 다를 충족시키면 어떨까 합니다. 즉 서방님의 내실도 기하면서 아버님의 요구에도 부합하는 모습을 보이자 이 말입니다."

도가 잠시 물건들과 정숙을 번갈아 바라보다 급하게 자리에서 일어났다.
　"왜요?"
　"일단은 내실을 기하기 위해 궁궐에 들어가 공부하려 하오."
　순간 정숙이 몸을 세워 도의 옷매무시를 가다듬어주었다.

# 이중 사돈

## 이중 사돈

"중전 마마, 경숙옹주 드시었습니다."

정숙이 중전의 부름을 받고 준수방(현재 통의동 부근)에 위치한 집을 출발하여 궁궐 왕후전에 이르자 상궁이 안을 향해 나지막하게 고했다. 그러기를 곧바로 안에서 "어서 들이라"는 소리가 흘러나왔다. 그에 따라 상궁의 안내로 안으로 들자 원경왕후가 30대 중반으로 보이는 한 여인과 자리를 함께하고 있었다.

"옹주는 이 여인을 잘 모르겠지?"

정숙이 여인에게 눈인사를 건네고 자리하자 왕후가 은근한 투로 말을 열었다.

"누구시온지…."

"이 여인은 성산군 이직의 장녀로 내 동생 무휼의 아내야."

"옹주 마마를 뵈옵니다."

소개가 끝나자 여인이 다소곳하게 고개숙였다. 그러자 정숙 역시 가볍게 고개 숙여 화답하고 시선을 왕후에게 주었다. 왕후의 얼굴에 아직도 수심이 드리워져 있었다. 그도 그럴 것이 얼마 전에 아버지 민제께서 돌아가시고 두 동생들은 아직도 귀양 중인 탓이었다.

"마마, 심려가 크시겠사옵니다."

"마마라니, 어머니라 칭하라 해도."

왕후의 부드러운 말소리를 듣자 순간적으로 가례를 올리고 처음으로 둘만의 시간을 가졌던 날이 떠올랐다.

"중전마마를 뵈옵니다."

정숙이 큰절로 예를 올리고 자리하자 왕후가 슬그머니 다가와 정숙의 손을 잡았다.

"가례 전에 너에 관한 이야기를 들었지만 조선에 이렇게 아름다운 여인이 있을 줄은 내 미처 몰랐구나. 우리 도가 그야말로 횡재하였구나."

"마마, 지나친 과찬이시옵니다."

"마마라…."

왕후가 마마를 되뇌며 찬찬히 정숙의 전체를 훑어보았다. 순간 정숙의 목구멍으로 마른침이 넘어가고 있었다.

"비록 너와 단둘이 마주하는 일이 처음이지만 네가 전혀 생소하지 않구나. 마치 오래전부터 알아왔던 사람처럼 느껴져."

"황공하옵니다, 마마."

"왜 그런지 아느냐?"

"저로서는…."

"네 친정이나 외가 모두 오래전부터 우리 가문과 각별한 관계를 유지하고 있었던 때문이란다. 특히 생존해 계신 너의 외할아버지와 내 아버지는 동갑으로 젊은 시절에 그야말로 막역하게 지냈었단다."

정숙의 외할아버지 안천보는 민제와 같은 1339년 생으로 고려 시대에 공부전서 등의 벼슬을 지내다 면직되어 무려 16년 동안 은둔생활하다 태종이 보위에 오르자 검교찬성(명예직의 성격이 강한 직책)의 직을 맡고 있었다.

"외할아버지께 어렴풋이 들은 듯하옵니다."

정숙이 태어나고 여러 해 동안 외가에서 자란 탓으로 할아버지 심덕부와 외할아버지 안천보 모두 살갑게 정숙을 대했던 데에 따른다.

"내가 왜 이 이야기를 했는지 아느냐?"

"저로서는…."

정숙의 얼굴색이 살짝 붉어졌다.

"너를 보면 그저 내 딸이려니 하는 생각 일어나서 그래. 그러니 향후 나를 부를 때 마마라는 말 대신 어머니라 지칭하도록 하거라."

"알겠사옵니다, 마…. 아니, 어머니."

"그리 부르니 얼마나 좋으냐."

왕후가 흡족한 표정을 지으며 정숙을 바라보는 순간 상궁이 적지 않은 다과상을 들였다. 상이 정리되자 왕후가 손수 다식을 집어 정숙에게 건넸다.

"네 서방인 도는 어떠하더냐?"

어느 정도 음식을 먹고 나자 왕후가 은근하게 말문을 열었다.

"무슨 말씀이신지요?"

"너의 남편으로 만족하느냐는 이야기야."

가례 전에 들은 바에 의하면 임금이나 왕후가 세자를 끔찍이도 아낀다는 말을 들었다. 그러나 세자는 어린 시절 왕후의 친정에서 보냈고 둘째 왕자인 이보(효령대군)는 낳은 지 얼마 되지 않아 병이 들어 홍영리의 집에서 자랐고 유독 도만 왕과 왕후의 곁에서 함께했다고 했다. 그에 이르자 순간적으로 남편에 대한 왕후의 진심이 어떨까 하는 의문이 들었다.

"소녀는 그저 제 서방을 하늘처럼 받들 일이옵니다."

"정말이냐?"

"당연한 일이옵니다."

정숙이 대답하고 왕후가 왜 그런 질문을 했는지 생각을 가다듬어 보았다. 어머니로부터 고려 시대의 삶에 관한 이야기, 남자와 여자는 평등했던 삶을 들었던 때문이었다. 아울러 왕후 역시 임금과 대등하다 여기고 행동해왔기에 작금에 모진 시련을 겪고 있었다.

"그렇다면 정말 다행이로구나. 그런데 말이다."

왕후의 표정이 순간적으로 어둡게 변해갔다. 정숙이 잔뜩 긴장하고 왕후의 입을 바라보았다.

"네게 왜 다른 아들들을 제치고 일찌감치 제를 세자로 세웠는지 그 이유를 이야기해주마."

"큰아드님이기에 그런 걸로 알고 있습니다만."

"물론 그런 측면도 없지 않지만 태조 대왕 시절 일곱째로 거기에 더하여 서자로 세자를 세웠던 일을 경계하고자 함이야. 그런데 그보다 더 중요한 사실은 세자가 우리 부부에게는 하늘이 주신 선물이었다는 점이야."

왕후의 이어지는 설명에 따르면 왕후는 가례를 올린 이후

딸만 내리 셋을 낳았다. 그리고 아들 셋을 낳았는데 공교롭게도 모두 일찌감치 생을 마감하는 비참한 결과가 발생했다. 그 당시 왕후는 자신에게는 아들과 연이 없을 것이라는 자괴감에 한동안 식음을 전폐할 정도였다. 그러던 차에 제가 건강하게 태어나자 곧바로 친정으로 보내 친정 어머니의 각별한 보살핌에 성장하게 되었다.

"정말로 어머니께는 축복이었네요."

왕후의 설명이 끝나자 정숙이 가볍게 한숨을 내쉬었다.

"물론 우리 도가 출중한 건 알고 있어. 그러나 지금 이야기한 이유들로 인해 큰아들을 세자로 삼았으니 그리 이해하면 좋겠다."

"어머니, 이해라니요, 당연히 그리하셔야지요."

"내 이 부분을 이야기해주마. 도의 두 형은 어린 시절 외부에서 성장했지만 도는 태어나서 힘든 시기에도 지금까지 나와 주상 곁에서 한시도 떠나지 않았단다. 이런 이야기 하지 말아야 하지만, 여하튼 두 형보다 도에게 더 많은 사랑을 베풀었지. 그런 의미에서라도 네가 내게는 더욱 소중하게 느껴지는구나. 그러니 이후로는 며느리와 시어머니가 아닌 모녀지간으로 지내자꾸나."

"그런데 어머니, 무슨 일로 찾으셨는지 여쭈어보아도 좋은지요."

말은 그리했지만 시선은 여인에게 주었다. 바로 그 순간 왕후전의 문이 열리며 정숙의 어머니 안 씨가 모습을 드러냈다. 정숙이 놀란 표정을 지으며 들어서는 어머니와 두 사람을 번갈아 바라보았다.

"내가 시부인께 부탁할 일이 있어 모셨다."

왕후가 얼굴에 잔뜩 미소를 머금고 자리에서 일어나 어머니를 반겼다. 자동적으로 여인 역시 자리에서 일어나 잠시 상견의 예를 나누고 자리 잡았다.

"어머니께서 기별도 주시지 않고…."

정숙이 아직도 어리둥절한 지 채 말을 끝맺지 못했다.

"내가 기별할 틈도 주지 않았구나."

왕후가 대신 미소를 지으며 말을 받았다. 정숙뿐만 아니라 어머니 역시 아리송한 표정을 지으며 여인의 얼굴을 바라보았다. 두 사람의 시선이 다가오자 여인이 흡사 뭔가라도 잘못했다는 듯 살며시 고개를 숙였다.

"내가 사부인과 옹주에게 부탁할 일이 있어 불렀다오."

"마마, 부탁이라니 당치 않으십니다. 그저 하라 하면 기꺼이 받들겠습니다. 무엇인지 말씀 주십시오."

왕후가 한껏 목소리를 낮추어 말하자 어머니가 민망하다는 듯 고개 숙였다.

"다름이 아니라…."

"실은 제가 부탁드리고자 이렇게 염치불고하고 자리를 마련하게 되었습니다."

왕후가 잠시 말을 끊자 여인이 조용하게 입을 열었다.

"무슨 부탁이기에…."

"결론적으로 언급해서 우리 사돈, 아니지 이중으로 사돈 관계를 맺자 이 말입니다."

"이중 사돈이라니요?"

왕후의 단언에 어머니의 눈이 동그랗게 변해갔다.

"내 동생 무휼이 옹주의 동생을 만났던 모양인데, 너무나 마음에 들어 사위 삼고 싶다고 간청해왔습니다."

"그러면 제 동생인 심준을 말이지요!"

"바로 말씀하셨습니다. 남편이 하도 간청하기에 제가 결례를 무릅쓰고 중전마마께 이 자리를 마련해달라 졸라서 이렇게 된 것입니다."

"지금 마마와 제가 사돈 관계인데, 결국 마마의 말씀마따나 이중 사돈 관계를 형성하게 되는….”

"차라리 한 가족이라 간주하는 게 옳지 않겠어요?"

어머니가 머뭇거리자 왕후가 쐐기를 박았다.

# 탐색

## 탐색

"부인, 오늘 정말 수고 많았어요."

저녁 늦은 시간 정숙이 그날 일을 마무리하고 아들 이향(후일 문종)과 딸들(후일 정소공주와 정의공주)을 보살피는 중에 도가 술 냄새를 진하게 풍기면서 방에 들어섰다. 그날 도가 연말을 맞이하여 의령부원군 남재를 집으로 초대해 잔치를 베풀었던 터였다.

"바로 사랑으로 들지 않고…."

"부인과 마무리해야 할 듯해서 내처 이리 왔다오."

"마무리라, 한잔 더 하시렵니까?"

도의 표정을 면밀하게 살피던 정숙이 은근하게 입을 열었다.

"그야 이를 말이오."

마치 그를 기다리고 있었다는 듯이 도가 흔쾌히 대답하자 정숙이 아이들을 유모에게 맡기고 조촐하게 술상을 들여오라 일렀다.

"오늘 서방님이 수고 많았어요. 그런데 느닷없이 왜 남재 대감을 위해 잔치를 벌였는지 그 이유를 물어봐도 되겠어요?"

"아버지의 진정을 살펴보고자 함이었다오."

"그게 무슨 말인가요?"

"부인도 남재 대감과 아버지의 관계를 훤히 알고 있으리라 판단하오. 그래서 남재 대감의 입을 빌려 아버지의 진정한 의중이 무엇인지 알아보려 했다오."

이 대목에서 남재와 관련하여 짚고 넘어가자. 먼저 남재와 이성계에 관련해서다. 남재(南在)의 원래 이름은 남겸(南謙)이었다. 그런데 조선 개국과 관련하여 포상이 온전하게 이루어지지 않았다는 구실로 남재가 조정을 떠나 은거하자 이성계가 그를 불러 들이고 다시는 자신의 곁을 떠나지 말라고, 언제고 곁에 있으라는 의미로 재(在)라는 이름을 하사한다.

다음은 두 사람의 무덤에 대해서다. 한양으로 천도를 준비하던 이성계가 내친김에 자신의 신후지지(身後之地, 살아 있을 때에 미리 잡아 두는 묫자리)까지 준비하기 위해 무학대사와 남재 등과 함께 한양 인근을 둘러보는 중이었다.

이성계 일행이 불암산 자락으로 현재 남양주시 별내면에

이르자 그곳을 자신의 신후지지로 삼고자 한다. 그를 살핀 남재가 감격하며 자신의 신후지지 역시 근처에, 현재 건원릉 자리에 삼았음을 발설한다.

그에 호기심이 발동한 이성계와 무학대사 등이 동 장소를 방문하고 한눈에 명당임을 살피고 남재에게 묫자리를 바꿀 것을 권유하기에 이른다. 결국 그 일로 남재와 이성계의 묫사리가 바뀌게 된다.

다음은 이방원과 관련해서다. 제1차 왕자의 난 당시다. 남재의 친동생인 남은과 남지가 정도전의 핵심 세력으로 활동했다. 그에 반해 남재는 이방원의 적극 조력자로 활약한다. 그런 이유로 이방원의 핵심 세력들은 정도전 일파를 제거하자 남재 역시 제거해야 한다 강력 주장했다. 그러나 이방원은 그들의 요구를 묵살하고 남재를 구명하였다.

그리고 난을 평정하고 형인 이방과가 정종으로 재위하던 당시의 일이다. 마땅히 이방원에게 보위를 넘겨주어야 함에도 불구하고 주저하자 남재가 궁궐 한복판에서 "지금 곧 마땅히 정안공(이방원)을 세워 세자로 삼아야 한다. 이 일은 늦출 수가 없다."고 외친다.

결국 그 일이 계기가 되어 정종은 이방원을 왕세자로 임명하고 이어 보위를 넘기고 상왕으로 물러난다. 아울러 후일 이방원은 자신의 딸인 정선공주와 남재의 손자인 남휘의 가례를 성사시키고 두 사람은 사돈 관계로, 바늘과 실의 관계를 형성한다.

"그런데 왜 갑자기 그런 생각하게 되었는지요?"
"지난해에 있었던 일 때문이라오."
"무슨 일을 이르는데요?"
"지난해에 큰 매형(이방원의 장녀 정순공주의 남편으로 이름은 이백강)의 형인 이애가 돌아가시지 않았소?"
"향이 태어나기 직전이었지요."
"여하튼 매형과 누나를 위로하기 위해 아버지의 명에 따라 세자인 형님과 보 형님하고 함께 그 집에서 잔치를 베풀어 주었었다오. 그런데 그 자리에서 큰형이 세자의 신분을 떠나 한 인간으로서 차마 하지 말아야 할 행동을 했었다오."
"무슨 일이 있었는데요?"
정숙이 잔뜩 호기심 어린 표정을 지었다.
"밤이 깊어지자 형님이 기생을 데리고 누나가 없는 틈을 타서 누나가 거처하는 방으로 찾아들어 서로 희롱하며 술을 마셨고 그 일이 아버지의 귀에 들어가 아버지께 심하게 꾸지람을 당한 적이 있다오."

"그 자리에 기생을요! 그리고 다른 곳도 아닌 공주님 방에서요!"

정숙이 차마 믿기지 않는지 목소리를 높였다.

"들리는 바에 의하면 그런 일이 비일비재하다고 하오."

"일전에 평양 기생 소앵과 놀아나고 또 수시로 창기를 농궁전에 들여서 음주가무를 즐긴 사실 그리고 병을 핑계로 학문을 멀리하는 사실은 잘 알고 있지만 어떻게 공주님 집에서 그런 일을 벌일 수 있다는 말인가요?"

"그런 이유로 현재 형님에 대한 아버지의 의중이 어떤지 그를 살피기 위해 특별히 남재 대감을 모셨다오."

"그렇다면 현재 시아버님의 의중은…."

순간 정숙의 얼굴에 잔잔한 미소가 감돌았다. 그날 정숙을 포함한 여러 사람이 함께 있는 자리에서 여러 가지 대화를 나누는 중에 갑자기 남재가 도를 향해 학문에 열중하고 있는지 여부를 물었다. 그러자 도가 과장되게 학문에 열중하고 있다고 대답하자 남재가 도에게 큰 소리로 입을 열었다.

『옛날 주상께서 잠저에 계실 때에 내가 학문을 권하자, 주상께서 '왕자는 관여할 것이 없는데 학문을 해서 무엇 하겠는가.'라고 하시므로, 제가 말하기를 '군왕의 아들이면 누군들 임금이 되지 못하겠습니까.'라고 하였습니다. 지금 대군께서 학문을 이처럼 좋아하시니 내 마음이 기쁩니다.』

"부인의 생각은 어떻소?"
"무엇 말인가요?"
"아버지의 의중 말이오."
"두 분의 관계를 생각해보면…."
정숙이 말을 끝까지 맺지 못하고 잠시 심각한 표정을 짓다 다시 입을 열었다.
"시아버님의 반응을 살피면 그 의중을 알 수 있을 것 같네요."
"그 무슨 말이오?"
"남재 대감의 말이 반드시 시아버지 귀에 들어갈 터인데 그 경우 시아버지께서 어떤 반응을 보이는지를 살피면 답이 나온다 이 말입니다."
"어떻게 그리 확단하오?"
"시아버지가 어떤 분입니까. 권력의 문제에 관한 한 피도 눈물도 없는 분 아닙니까. 그리고 세자를 세운 장본인 아닌가요."

도가 잠시 생각에 잠겨 들다 눈을 반짝였다. 그를 살피며 정숙이 다시 입을 열었다.

"그런데 그보다도 남재 대감이 공개 석상에서 감히 그런 이야기를 꺼낸 자체가 수상합니다. 그분이 함부로 그런 이야기를 할 분이 아닌데 말입니다."

순간 도가 호탕하게 웃음을 터트렸다.

"왜요, 내 말이 잘못되었나요?"

"허허, 그래서 부부는 일심동체라는 말이 있는 모양입니다. 어쩌면 내 생각과 이리도 똑같을 수 있다는 말입니까."

"그러면 서방님도 오늘의 일은 시아버지의 의중을 남재 대감이 은근히 전달한 경우라 생각하나요?"

"꼭 그렇다고 단정할 수는 없지만 마냥 무시할 수는 없는 일이지요."

두 사람이 심각한 표정을 지으며 대화를 주고받는 중에 소박하게 차린 술상이 들어왔다.

"오늘은 내가 부인에게 먼저 잔을 올리겠소."

좌석이 정리되자 도가 술병을 들고 정숙에게 눈짓을 주었다. 잠시 머뭇하던 정숙이 두 손으로 잔을 들어 앞으로 내밀었다. 잔을 받은 정숙이 이어 도의 잔을 채웠다.

"오늘 남재 대감의 말마따나 앞으로는 학문 탐구에 더욱 열중하기 바라며 한잔 들어요."

"당연하오. 부인의 명을 떠나서라도 이제 그리할 일이오. 그런 의미에서 잔을 비웁시다."

도의 제안에 따라 정숙이 잔을 들어 마시는 시늉만 하고 맨손으로 안주를 챙겨 도의 입에 넣어주었다. 도가 아무런 거리낌없이 입을 움직이기 시작했다.

"서방님, 그런데 왜 세자께서는 그런 허무맹랑한 일을 벌이는 건가요?"

도가 안주를 모두 먹은 상태를 확인한 정숙이 다시 도의 빈 잔을 채웠다.

"여러가지 이유가 있을 수 있겠지만 형님의 성정 탓이 아닌가 하오."

"그 문제라면 시아버지 역시…."

그해 1월 이방원은 신하들이 데리고 놀던 보천(현 경북 예천) 출신 기생 가희아를 혜선옹주로 삼아 한창 방탕한 생활에 몰두하고 있던 터였다.

"그것 보면 사람 심리가 묘하단 말이오."

정숙이 무슨 뚱딴지 같은 소리하느냐는 듯 바라보았다.

"아버지 입장에서 아들이 바람직하지 않은 아버지의 행동을 그대로 따라 한다면 어떨 거 같소. 나라도 그를 참지 못하지 않을까 싶소."

"어렵게 이야기하지 않아도 그 일에 대해서는 저도 알만큼 알고 있어요."

도가 차마 민망한지 이야기를 돌리고 있었다. 그를 감지한 정숙이 슬그머니 미소를 보내자 도가 급하게 술잔을 기울였다.

"저는 그 문제를 조금 색다르게 바라보고 있습니다."

"어떻게 말이오?"

방금 전처럼 도에게 안주를 건네고 빈 잔을 채워주자 도가 급하게 말을 받았다.

"부모 슬하에서 성장하지 않은 게 그 주요 원인이라 봐요. 가령 서방님의 경우를 예로 들어보지요. 서방님의 경우는 태어나서 줄곧 부모님과 함께하며 교육을 받아오지 않았습니까. 그에 반해 형님들은 다른 곳에서 특히 세자의 경우 외가에서 성장하지 않았습니까. 그런 경우 외가에서 세자를 어떻게 키웠을지 생각해보세요."

도가 가볍게 탄성을 내질렀다.

"부인의 생각이 참으로 깊습니다. 그런데 어떻게 그런 생각하였소?"

정숙이 대답 대신 자신의 잔을 들어 비워내고 은근하게 입을 열었다.

"저도 어린 시절 한때 외가에서 생활했었거든요."

징후

# 징후

"엄마, 아버지 오시려나 봐요."

대문 밖이 풍악 소리로 요란하기를 잠시 후 다섯 살의 딸 정소가 급히 엄마 정숙에게 다가왔다. 정숙이 둘째 딸 정의를 안은 채 세 살 난 아들 향의 손을 잡고 정소와 함께 밖으로 나섰다. 궁궐 쪽으로 풍악 소리가 점점 거세지고 있었다.

그곳을 바라보았다. 한 떼의 사람들이 풍악대의 뒤를 따라 질서정연하게 움직이고 있었다. 그곳을 유심히 바라보았다. 희미하게 보이는 많은 사람들 사이에서 금방이라도 남편 도가 모습을 드러낼 듯했다.

도는 20여 일 전에 아버지 이방원을 따라 지방 시찰 겸 강무훈련에 참여하기로 하고 충청도로 길을 나섰던 터였다. 이방원이 세자를 제치고 도를 동반했을 때 야릇한 생각을 지녔었다. 이방원의 의중이 갈피를 잡지 못하고 있다는 느낌이 절로 찾아 들었었다.

바로 지난달 즉 정월에 있었던 일 때문이었다. 궁궐을 찾앉던 도가 세자가 의관을 화려하게 차려입고 시종들에게 자랑하는 모습을 보았다. 그를 바라보던 도가 세자에게 다가가 먼저 마음을 다잡은 연후에 의관에 신경 쓰기를 주문했었다.

그러자 세자를 호종하던 시종이 도의 말이 지당하다며 세자에게 도의 권고를 진정으로 헤아리라 간청했다. 시종의 말을 들은 세자가 어머니 원경왕후를 찾아 그러한 일이 있었음을 이실직고하며 향후 도와 국가의 중대사를 함께 헤쳐나가겠노라고 말했다.

그리고 동 사건은 원경왕후에 의해 이방원의 귀에 들어갔다. 이방원이 왕후로부터 동 이야기를 접하고는 상당히 못마땅해했다고 했다. 당시 그 이야기를 들었을 때 이방원의 반응을 떠나서 무슨 이유로 왕후가 그를 이방원에게 알렸을까 하는 의문을 품었었다.

잠시 생각을 접고 다시 궁궐 가까이 다가서는 행렬을 바라보았다. 그리고는 아이들과 함께 그쪽 방향으로 서서히 걸음을 옮겨갔다. 도를 떠나보낼 때 이방원이 도를 동반하는 이유와 함께 찾아드는 느낌이 있었다.

남편 도와 이별해야 한다는 대목이었다. 비록 그 기간이 길지 않고 또 아이들이 곁에 있다고 하지만 언제나 살을 부비고 밤을 보냈던 남편에 대한 애틋함이 은근하게 걱정으로 다가왔었다.

남편 도가 막상 길을 떠나자 그는 그리움으로 변질되고 있었다. 이상한 일이었다. 스스로 마음을 다잡고는 했으나 날이 갈수록 도에 대한 그리움이 더해졌다. 그런 이유로 밤을 낮처럼 보내는 일이 다반사되었다.

"아버지!"

정숙이 상념에 잠겨 있는 중에 정소의 목소리가 울려 퍼졌다. 이어 정소가 달려가는 방향으로 시선을 주었다. 애타게 기다리던 남편 도가 급한 걸음으로 다가오고 있었다. 그 모습을 확인하고 다시 저만치 앞에 보이는 행렬로 시선을 주었다.

어느 사이 정소를 가슴에 안고 도가 정숙의 앞으로 다가왔다. 마치 기다리고 있었다는 듯 향이 뒤뚱거리며 도에게 다가서자 도가 다른 한 팔로 향을 안아들었다.

"아니, 어떻게…."

"아버지께 말씀 드리고 곧바로 이리로 달려오는 길이라오."

"그래도 돼요?"

도도 그러하지만 정숙의 목소리에 그리움이 더해졌다.

"오히려 아버지께서 먼저 권하더이다. 어서 집으로 돌아가서 부인과 아이들을 만나보라고."

"정말입니까?"

정숙이 믿기지 않는지 목소리를 높였다.

"순방 중에 있던 일 이야기해줄까요?"

"일단 집으로 들어가지요."

정숙의 마음이 급했다. 빨리 남의 시선에서 멀어져 애틋한 그리움을 풀어야 할 일이다 싶었던지 걸음을 재촉했다. 도 역시 이심전심으로 자신의 가슴에 안긴 아이들을 두른 팔에 힘을 주고 움직이기 시작했다.

"언제 이렇게 준비했소?"

"그동안 집을 떠나 있어 제대로 먹지도 못했을까 보아 준비했어요."

아이들을 방바닥에 내려놓은 도의 얼굴에 기쁨이 묻어나왔다. 정숙이 어가 행렬이 한양에 들어섰다는 전갈을 받고 급하게 음식들을 장만했던 터였다. 도가 상 위에 놓여 있는 음식들을 찬찬히 바라보았다.

"그건 그렇고 아까 이야기하려던 일이나 이야기해줘요."

도가 음식들을 아이들에게 먹이는 모습을 보며 다정하게 말문을 열었다.

"서산에 당도했을 때 일이오. 그날 천둥과 번개가 치면서 우박까지 내려 아침부터 한낮에 이르기까지 짙은 안개가 사방에 자욱한 관계로 일정을 소화하지 못하고 아버지와 대화를 나누었다오."

"그런데요?"

"아버지께서 집을 떠나오니 부인과 아이들 생각이 간절하지 않느냐고 물어보더이다."

"그래서요?"

"당연히 보고 싶다고 했지요. 그러자 아버지께서 '너도 그렇지만 집에 있는 사람은 비가 내리면 반드시 길 떠난 사람의 노고를 생각하는 법이다.'라고 말씀하셨소."

정숙이 재촉하지 않고 도의 입을 바라보았다.

"아버지께서 시경에 나오는 글귀를 인용하셨다는 사실을 알고 곧바로 '시경에 황새가 개밋둑에서 우니, 부인이 집에서 탄식한다.'라는 글로 대응하였다오."

"그 글은 '궂은비가 내리려 할 때 개미가 먼저 알고 집을 나오면 황새가 그것을 잡아먹고서 개밋둑 위에서 우는 것이고, 일로 인해 길 떠나간 자의 아내도 남편의 노고를 생각하여 집에서 탄식하는 것'을 비유하는 말이지요."

"바로 말하였소."

"그에 대한 시아버님의 반응은 어땠는데요?"

"참으로 의미심장한 말씀을 하더이다. 형인 세자보다 훨씬 뛰어나다고. 그리고 덧붙였소. 비록 내가 무예에는 약하지만 큰일을 앞에 두었을 때 내리는 결단력은 세자를 능가함을 떠나 누구도 견줄 수 없다는 극찬을 주셨소."

정숙이 가만히 생각에 잠겨늘었다. 이방원과 원경왕후 그리고 세자와의 관계에 서서히 틈이 벌어지고 있었다. 완고하게 세자를 지지했던 두 사람들의 행동에 균열이 나타나고 있음을 감지할 수 있었다.

"무엇을 그리 골똘하게 생각하고 있소?"

정숙의 속내를 간파했는지 도가 은근하게 입을 열었다. 그를 살피며 정숙이 곁에 놓아둔 술병을 들었다.

"수고하신 서방님께 어떻게 보답할까 생각했지요."

말과 동시에 정숙이 병을 기울였다.

"부인, 이번 순방을 통해 내가 중요한 사실을 파악하게 되었다오."

도가 마치 정숙의 속내를 정확하게 꿰뚫고 있다는 듯 운을 떼었다.

"무엇을 말인가요?"

되묻는 정숙의 목소리가 살짝 상기되어 있었다.

"아버지께서 이번 순방에 나를 데리고 간 그 이유 말이오."

정숙이 속이 타는지 술병을 들어 자신의 잔을 채우고 도의 잔에 가볍게 부딪고 두 사람이 동시에 잔을 비워냈다.

"서방님 생각을 말해주겠어요."

도가 그저 웃기만 했다.

"왜요?"

"먼저 방금 전 부인이 생각했던 바를 들려주면 아니 되겠소."

"제가 무슨 생각을 했다고…."

채 말을 끝맺지 못한 정숙이 음식 먹느라 정신없는 아이들을 찬찬히 바라보았다.

"그럽시다. 어차피 우리는 한마음인 것을. 지금 돌아와서 생각해보니 아버지께서 상당히 고민하고 있음을 감지할 수 있었소."

"구체적으로…."

"금번 순방이 아버지께는 의례적인 행사일지 모르지만 내가 느낀 바로는 바로…."

도가 본능적으로 말을 멈추고 주변을 돌아보았다. 그를 살피자 정숙의 목으로 마른 침이 넘어갔다.

"아버지와 함께 움직이는 동안 아버지께서 내게 특별한 주문을 주었다오. 강무보다는 일반 백성들의 삶이 어떤지를 살피라 하셨고. 그래서 아버지 일정과는 별개로 충청도 곳곳을 세심하게 살펴 보았다오."

"잠시만요."

순간 징숙이 도의 말을 끊었다.

"갑자기 왜 그러오?"

"일전에 서방님에게 들었던 이야기가 갑자기 떠올라서…."

"무엇 말이오?"

"서방님의 사부인 이수(李隨)께서 학문뿐만 아니라 수원에서 궁궐을 오고 가면서 접한 백성들의 삶에 대한 가르침도 주었다는 말이 얼핏 생각나서요."

"물론 그랬었지요."

"결국 두 분이 생각하는 참 교육은…."

"현실을 정확하게 파악하고 미래를 설계하는 방식이었지요. 그런데 아버지께서도 바로 그를 주문하신 것이라오."

# 자중

## 자중


"두 분이 어떻게 함께…."

저녁 늦은 시간 아버지 심온이 도와 함께 들어서자 정숙이 의아한 표정을 지었다.

"내가 손자 유(瑈, 후일 수양대군)가 보고 싶어 왔다."

"아니오, 부인. 내가 장인 어른 모시고 태어난 지 얼마 되지 않은 손자 보시라고 모셔오는 길이오."

그날 임금이 의정부와 육조 대신들과 함께 편전에서 연회를 벌였던 관계로 두 사람이 자리를 함께했던 터였다.

"술상을 봐오라 할까요?"

"술상도 좋은데 그보다 먼저 새로 태어난 손자를 보고 싶구나."

정숙이 방을 나서기를 잠시 후 갓 태어난 아들 유를 데려와 아버지에게 건넸다. 심온이 뚫어져라 유를 바라보며 연신 감탄사를 터트렸다.

"장인 어른, 느낌이 오십니까?"

"향이 대군을 닮은 데 비해 이 아이는 어멈을 닮은 듯 보이네."

"아버지, 무슨 뜻이에요?"

"큰아들은 천상 선비의 모습을 보이고 있으나 이 아이는 남아다운 기세를 한껏 지니고 있어 보인다 이 말이다."

심온이 아이를 공중으로 들어 올리고 세심하게 살펴보다 다시 입을 열었다.

"이 아이 잘 키우도록 해라. 나중에 자라면 큰 재목감이 될 거야."

세 사람이 유와 관련하여 이런저런 이야기를 나누는 중에 술상이 들어왔다. 자리가 정돈되자 도가 술병을 들어 심온의 잔을 채우고 심온이 도의 잔을 채워주었다.

"부인도 한잔 하지요. 모처럼 장인 어른도 오셨는데."

도의 제안에 정숙이 유를 안고 방을 나섰다가 잠시 후 돌아왔다. 그런 정숙에게 도가 술을 따랐다.

"아버님, 아까 하시려던 말씀이 무엇인지요?"

그날 연회가 파하자 좌의정인 박은이 도에게 무엇인가 말하려 하는 행동을 심온이 저지시켰던 터였다. 심온이 술잔을 비우자 도가 정숙의 얼굴을 바라보며 은근하게 입을 열었다.

"무슨 일이 있었는가요?"

자중

정숙이 호기심 어린 표정으로 되묻자 심온의 표정이 진지하게 변해갔다.

"이즈막에 조정의 분위기가 이상하게 흘러가고 있다네."

"어떻게요?"

"아까 연회가 파하고 박은 대감이 대군과 독대할 수 있게 해달라고 간청했고 내가 그를 만류했어."

박은은 고려말 대학자였던 목은 이색의 외조카로 제1차 왕자의 난 당시 이방원의 편에 들어 출세를 시작하다 제2차의 난 당시에도 이방원을 적극 조력하여 좌명공신에 책봉되어 출세가도를 달리며 6조 판서직을 두루 거치며 우의정을 거쳐 당시 좌의정의 직을 수행하고 있었던 그야말로 이방원의 핵심 세력이었다.

"박은 대감이 왜…."

"지금 한양은 물론 지방의 민심도 대군에게 쏠리고 있으니 대군도 그 사실을 알고 그에 따라 처신할 수 있도록 하자는구나. 그래서 내가 만류했다."

"결국 아범이 직접 나서서 세자 자리를 차지해야 한다는 이야기 아닌지요."

"바로 그런 이야기지."

"그런데 왜 만류하셨는지요. 대군으로 하여금 그분의 내심 그리고 조정 아니, 시아버지의 정확한 의중을 파악할 수 있도록 하시지 않고요."

"자칫 역효과를 낼 수 있다 판단했다. 대군이 자신을 위해 스스로 나서게 된다면 설령 주상의 의중이 그러하더라도 선선히 용인할 수 있겠느냐. 그 일이 어떤 일인데."

정숙이 대답 대신 한숨을 내쉬었다.

"왕세자를 폐하는 일이 어떤 의미를 주는지 알지 못하느냐? 바로 주상의 크나큰 실수를 자인하는 일인데 그게 그리 쉽사리 이루어질 수 있겠니. 그저 조용히 관망하는 일이 정석이라 판단했던 게야."

아버지의 말을 듣고 정숙이 가만히 생각에 잠겨들었다. 지난번 남재 대감과 함께했던 일을 떠올렸다. 그 일이 이방원의 귀에 들어갔다. 이전 상황이라면 남재 대감은 곤경에 처할 일이었으나 이방원은 그저 웃어 넘겼다고 들었다. 그 일로 오히려 남재에 대한 신뢰가 깊어졌다고 했다.

또한 충청도 순방 이후 순방에 수행했던 사람들로부터 백성들이 바라보는 도에 대한 인상 역시 이방원에게 전해졌다. 당시 도의 수행은 전적으로 이방원의 의중에 따른 일로 도의 순행에 크게 만족했다고 들었다.

그에 직면하자 어느 한날 정숙이 도와 은밀한 시간을 가졌다.
"서방님, 시아버지와 시어머니의 의중이 서방님에게로 기우는 모양인데 이제는 우리가 적극적으로 나서는 게 어떨까요?"
"어떻게 말이오?"
"이참에 쐐기를 박자는 이야기지요."
"쐐기라…."
"쐐기라기보다도 이 나라의 미래를 살피고 두 분의 고민을 덜어드리자는 의미입니다. 어차피 현 세자로는 이 나라의 안녕을 기하기는 힘들고, 그래서 두 분의 고민이 깊어지고 있는 만큼 이제 결정을 내릴 수 있도록 방향을 잡아가자는 이야기입니다."
"부인에게 좋은 생각이 있소?"
"현 상황을 살피면 서방님이 세자와의 상대평가에서 우위를 점하고 있는 만큼 서방님이 적극적으로 나서서 주변 사람들을 이용해서 세자와 서방님의 일을 두 분의 귀에 들어가도록 함이 어떨까 합니다."
잠시 생각에 잠겨들었던 도가 미소를 머금으며 입을 열었다.

"시종들 몇 희생시켜야겠군요."

"그걸 희생이라 할 수는 없지요."

"하기야 시간이 문제지…."

그 일 이후 세자와 대군 사이에 알력이 발생하기 시작했다. 알력이라기보다는 도가 세자의 비행에 대해 제동을 걸고 나서는 일이 조정은 물론 백성들에게까지 회자되기 시작했다.

한번은 상왕으로 물러난 정종이 이방원을 위해 인덕궁에서 주연을 베푼 적이 있는데 그 자리에서 세자가 매형 이백강의 첩인 기생 칠점생을 취하려 시도했다. 그를 바라보던 도가 그 일의 부당성을 지적하자 세자가 그를 무시하고자 했다.

그를 살핀 도가 다른 사람도 아닌 매형의 첩이라는 이유로 더욱 강력하게 질책하자 세자가 어쩔 수 없이 도의 말을 따랐는데 이 일이 이방원의 귀에 들어가게 되었다. 이에 대해 이방원은 그 말의 진원지로 지목된 도의 시종을 내치는 선에서 일을 마무리했다.

또 다른 일도 회자되었다. 신의왕후(이성계의 첫째 부인)의 제삿날을 맞이하여 세자와 대군들이 흥덕사로 행차했을 당시의 일이었다. 세자와 대군들이 분향하고 나자 세자가 세자를 따르는 무리배들과 바둑을 두고 있었다.

그를 살핀 도가 개입했다. 할머니 제삿날에 하찮은 무리들과 웃고 떠들며 유희를 일삼는 일은 있어서는 안 되니 멈추라고. 그러자 세자가 화를 내며 도에게 관음전에 쳐들어가 낮잠이나 자라 고함쳤고 이 역시 이방원의 귀에 들어갔으나 이방원은 이번에는 모르쇠로 대처했다.

"우리는 그도 모르고 서두른 감이 있네요."

정숙이 도를 바라보며 걱정스런 표정을 지었다.

"왜 내가 모르는 무슨 일이 있느냐?"

정숙이 가볍게 한숨을 내쉬며 잠시 전 생각했던 일과 그로 발생했던 일들을 차분하게 설명하기 시작했다.

"최근에 일어났던 일들이 너의 생각에서 비롯되었다는 말이냐?"

정숙이 대답 대신 고개를 끄덕였다. 잠시 두 사람을 번갈아 바라보던 심온의 표정이 심각하게 변하기 시작했다.

"장인 어른, 무슨 문제라도 있습니까?"

"그런 경우라면 주상도 이미 그러한 사실을 꿰고 있을 거야. 그런데….”

정숙과 도의 시선이 심온의 입으로 집중되었다.

“그럼에도 불구하고 박은 대감이 저리 행동한다면…. 박은 대감의 경우 절대로 임금의 비위를 건드릴 만한 사람이 아님에도 불구하고 대군에게 잘 보이기 위해 나서려 한 사실을 보면 주상의 입장은 정해진 듯하구나.”

“그런 경우라면 이후 어떻게 행동해야 할까요?”

“세자에게 맡겨야지.”

“네!”

두 사람이 목소리를 높이며 서로를 바라보았다.

“세자 역시 현재 자신의 처지를 정확하게 파악하고 있을 게다. 아마도 조만간에 자신의 신변과 관련해 어떤 조처를 취하지 않을까 싶다. 그러니 너는 차후로 경거망동하지 말고 대군은 더 이상 세자와의 불화를 일으키지 말도록 하게.”

# 세자빈

## 세자빈

 조정이 긴박하게 흘러가고 있었다. 세자인 제의 거듭된 비행으로 왕세자를 폐해야 한다는 이야기가 공공연히 흘러나오고 있었다. 그러던 한날 오후 왕후가 경숙옹주에서 삼한국대부인으로 책봉된 정숙의 거처를 찾았다.

 "그냥 편하게 자리하거라."

 정숙이 어린 아들 유와 함께 망중한을 즐기는 중에 왕후가 찾아들자 급하게 자리에서 일어나려 몸을 움직였다. 왕후가 정숙의 티가 날 정도로 부른 배를 바라보고는 유에게 다가가 가볍게 포옹했다.

 "어머니, 기별도 없이…."

 "괘념치 말거라. 내 우리 유가 갑자기 보고 싶어 왔느니라."

 왕후가 말을 마침과 동시에 유를 가슴으로 안아 들었다. 마치 그를 기다리고 있었다는 듯 유가 옹알이하기 시작했다.

 "우리 유도 곧 동생(안평대군)이 태어날 것을 알고 있는 게로구나."

"어머니, 힘드시지 않으세요?"

정숙이 왕후의 건강이 상당히 좋지 않음을 알고 근심스런 표정을 지으며 바라보았다. 정숙의 표정과는 반대로 유는 옹알이에 더하여 방긋거리기까지 했다.

"우리 유 좀 보게나. 멀지 않아 말까지 할 듯 보이는구나. 그래, 우리 유가 이 할미한테 무슨 말을 하고 싶은 게니."

"어머니, 혹시…."

정숙의 호기심을 반영이라도 하듯 왕후의 표정이 급격히 어둡게 변해갔다. 잠시 유의 얼굴을 바라보던 왕후가 가늘게 한숨을 내쉬었다.

"지난 저녁에 세자와 관련하여 주상과 긴밀한 이야기를 나누었다. 세자를 폐하고 새로이 봉하기로."

"결국 왕세자님을…. 그런데 왜 일이 그 지경까지 이르게 되었는지 여쭈어 보아도 될는…."

정숙이 말을 끝까지 잇지 못하고 근심스런 표정을 지었다.

"어멈도 당연히 알아야 할 일이지. 하지만 그 전에 세자가 며칠 전 제 아버지에게 보낸 서신 먼저 보자꾸나."

서신이라는 소리에 정숙이 아리송한 표정을 지었다. 왕후가 정숙의 표정은 아랑곳하지 않고 내관을 통해 전달된 세자의 서신을 정숙에게 건넸다.

"어멈이 읽어보도록 하거라."

얼떨결에 서신을 받아든 정숙이 서신과 왕후의 얼굴을 번갈아 바라보다 천천히 읽기 시작했다.

**『전하께서 취하는 여인들은 모두 궁중에 들이는데, 어떻게 판단하고 궁에 들이는지 모르겠습니다.』**

"이, 이…."

힘들게 첫 문장을 읽은 정숙이 안절부절못하고 있었다. 그뿐만 아니었다. 종이를 잡고 있는 손이 심하게 떨기 시작했다.

"왜 그러느냐?"

"이 글은 마치 주상 전하께 반발하는 포고문처럼…."

"일단 다 읽고 이야기해 보자꾸나."

왕후가 심하게 동요를 일으키는 정숙과는 달리 잔잔하게 말을 건넸다. 왕후의 표정을 살피던 정숙이 소리 날 정도로 크게 한숨을 내쉬고 시선을 다시 서신으로 주었다.

**『전하께서 신의 첩 어리를 궁 밖으로 쫓아버리라 하셨지만 그**

런 경우 그녀가 살아가기 어려울 것이라 여기고, 또 바깥으로 내보내어 사람들과 서로 어울리게 되면 명예가 실추되기에 내보내지 아니하였습니다.

지금까지 신의 여러 첩을 내보내어 곡 소리가 사방에 이르고 원망이 나라 안에 가득 차니, 어찌 컨하 자신에게 책임을 먼저 묻짖 않으십니까? 신함을 꾸짖는다면 이별해야 하고, 이별한다면 상서롭지 못함이 너무나 클 것입니다.

신은 이와 같은 까닭으로 어리를 가혹하게 내치는 행동을 차마 할 수 없었고, 장래에는 첩을 취함에 있어 오로지 인간 본연의 마음과 컹에 따라야 한다고 생각하며 지금에 이르렀습니다.

한나라 고조가 산동에 머물 때 재물을 탐내고 색을 좋아하였으나 마침내 컨하를 평컹하였고, 진왕(晉王) 광(廣)이 비록 어질다고 칭하였으나 그가 즉위하자 건강이 위태하고 나라가 망했는데 컨하는 어찌 신이 끝내 크게 효도하리라는 것을 알지 못하십니까?

임금이라면 사심을 버려야 하는데, 신효창은 태조를 불의에 빠뜨려 죄가 무거운데 용서하였고, 김한로는 오로지 신의 마음을 기쁘게 하고자 했을 뿐인데 포의지교를 잊고 헌신짝 버리듯 하여 폭로하였으니 공을 세운 신하들이 어찌 커신할지 모르겠습니다.

숙빈(양녕대군의 아내)이 아이를 가졌는데 일체 죽도 먹지 아니하니, 하루 아침에 변고라도 생긴다면 보통 일이 아닙니다. 원컨대, 이제부터 스스로 새 사람이 되어, 조금이라도 근심시키지 아니할 것입니다.』

*신효창 : 태종 2년 조사의가 신덕왕후 강 씨를 위한다는 구실로 동북면을 근거지로 삼아 난을 일으키려 하자 태조 이성계를 현장까지 호종하였던 인물

*김한로 : 양녕대군의 장인. 이방원과 동갑으로 동반 급제한 인물


"혹시 왕세자의 주장이…."
"맞느냐는 말이지?"
정숙이 주저하자 왕후가 곧바로 말을 이었다. 그에 따라 정숙이 가볍게 고개를 끄덕였다.
"이야기가 길어질 것 같구나."
"그 말씀은…."
"네 시아버지의 실상에 대해 먼저 알아보아야 할 일이다."
실상이라는 소리에 정숙의 눈동자가 흔들렸다.
"어멈도 어느 정도 이야기 들어서 알고 있겠지만 네 시아

버지는 나를 지칭하여 음참하고, 말인즉 잔악무도하고 교활한 사람이라 실록에 기록을 남길 정도로 문제가 많은 사람이야."

"저로서는 금시초문인데, 어머니를 가리켜 잔악무도하고 교활한 사람이라고요! 그리고 그를 실록에까지 남겼다는 말씀이세요!"

차마 믿기지 않는지 정숙의 목소리가 올라갔다. 왕후가 천장을 바라보며 크게 한숨을 내쉬었다.

"어머니, 그런 경우라면 아범이나 다른 대군 또 공주들은 잔악무도하고 교활한 어머니의 자식들이란 이야기 아닌가요! 그리고 저 역시…."

되묻는 정숙의 얼굴에 잔핏줄이 드러나고 있었다.

"그래서 실상을 언급했는데, 네 시아버지는 불행했던 지난 시절의 그림자에서 벗어나지 못하고 있다고 보는 게 정확할 거야. 내 대강을 이야기할 터이니 듣도록 하거라."

『이방원은 동북면 함주목(함경도 함흥) 변방 무인 가문에서 이성계의 다섯째 아들로 태어났다. 그곳에서 여진인들과 함께 생활하다 열 살 무렵 이성계를 따라 개경으로 입성한다. 이어 고려의 명문세족으로 자신보다 두 살 연상인 원경왕후와 가례를 올리며 신분 상승을 이루게 된다.

당시 이방원은 원경왕후를 지고지순하게 사랑하며 자신의 발톱을 감춘다. 그러나 그 일은 이방원이 권력을 장악하기 전까지였다. 그리고 정도전 일파가 이방원을 제거하기로 했던 시점에는 속수무책으로 당할 수밖에 없었다.

정도전의 사병 혁파를 이성계가 받아들이면서 그야말로 개털에 불과하게 된다. 그러나 그 순간 원경왕후와 그녀의 일족이 있었다. 사전에 정도전의 계략을 간파했던 원경왕후는 만일을 대비해 병장기를 감추고 있었고 그녀의 동생들이 앞장서서 정도전 일파를 제거하고 권력을 장악하게 된다.

권력을 장악하자 이방원은 자신의 자격지심을 여실히 드러내기 시작했다. 원경왕후의 몸종을 겁탈하여 임신시킨 것을 시작으로 신하들이 데리고 놀던 기생까지 후궁으로 들이며 원경왕후를 능멸한다.

그뿐만 아니었다. 원경왕후의 아버지 민제가 죽자 자신의 큰아들인 양녕대군을 미끼로 내세워 원경왕후의 처남들을 모조리 죽인다. 이 대목에서 이방원의 못된 고질인 속칭 간 보기가 등장한다.

간 보기란 진정성을 배제하고 상대방의 의중을 떠보고 처리하는 졸렬한 방식인데, 이방원이 원경왕후의 동생들의 의중을 떠보기 위해 양녕대군에게 양위할 것처럼 속이고 그에 동조하는 반응을 보인 동생들을 죽이는 행태를 지칭한다.

여하튼 이방원은 조선은 자신의 나라라는 확신에 들어차 만사 케멋대로 이끌어간다. 특히 신상필벌에 대해서 자신에게 소용이 될 만한 사람에게는 관대하고 그렇지 않은 경우에는 가멸차게 대해왔다.』

"어머니, 차마…."

정숙 역시 이방원에 대해 어느 정도 알고 있었다. 그러나 그의 실체에 대해 왕후로부터 직접 전해 들으니 한편으로 모골이 송연해지는 느낌까지 일어났다.

"그게 바로 주상의 실체야."

"그런데 어머니, 왜 제게 그 말씀을 주시는지요?"

잠시 전에 충격에서 벗어난 듯이 정숙의 목소리뿐만 아니라 표정 역시 차분하게 변해갔다.

"내 바로 이야기하마, 차기 왕세자로 아범을 세우기로 했다."

"네!"

"왜, 믿기지 않느냐?"

"왕세자의 아들도 있고 또 대군의 형님인 효령대군께서…."

"물론 그에 대한 이야기도 있었지. 그러나 아범으로 하여금 왕세자로 삼고자 한 일은 어제오늘의 일이 아니란다."

애초에 이방원은 양녕대군의 아들인 이개에게 세자 자리를 잇고자 했으나 모든 신하들이 불가함을 주장했다. 그러자 이방원은 신하들에게 효령과 충녕 중에서 적임자를 선택하도록 위임한다. 이 대목에서도 이방원의 못된 습성이 그대로 드러나고 있다.

자신의 의중은 감추고 신하들의 의도를 헤아리며 간 보기 하는 식이다. 결국 그를 간파한 신하들은 그 공을 다시 이방원에게 돌린다. 그에 직면하자 이방원은 충녕대군을 선택한다. 그와 관련한 이방원의 이야기다.

『효령대군은 성품과 자질이 미약하고, 또 성질이 심히 곧아서 통솔력이 부족하다. 내 말을 들으면 그저 빙긋이 웃기만 할 뿐이므로, 나와 중궁은 효령이 항상 웃는 모습만을 보았다.

충녕대군은 천성이 총명하고 민첩하고 자못 학문을 좋아하여,

비록 몹시 추운 때나 몹시 더운 때를 당하더라도 밤이 새도록 글을 읽으므로, 나는 그 아이가 병이 날까 두려워하여 항상 밤에 글 읽는 것을 금지하였다.

그러나 내가 지니고 있는 진귀한 서적들을 모두 청하여 가져갔다. 또 국정 운영의 체제를 알아서 매양 큰일에 의견을 개진함이 진실로 합당하고, 또 예상을 뛰어넘을 정도였다.

만약 중국의 사신을 접대할 경우에는 처신과 언어 구사가 두루 예절에 부합하였고, 술을 마시는 것이 비록 무익하나, 중국의 사신을 대하여 주인으로서 한 모금도 능히 마실 수 없다면 어찌 손님을 권하여서 그 마음을 즐겁게 할 수 있겠느냐?

충녕은 비록 술을 잘 마시지 못하나 적당히 마시고 그친다. 또한 걸출한 아들이 있다. 효령대군은 한 모금도 마시지 못하니, 이것도 또한 불가하다. 충녕대군이 왕위를 맡을 만하니, 나는 충녕으로서 세자를 정하겠다.』

"너무나 급작스러워서…."

왕후의 설명이 끝나자 정숙의 표정이 묘하게 변해갔다. 남편의 왕세자 등극을 기뻐하는지 혹은 마땅치 않게 여기는지 모를 표정을 짓고 있었다. 그 모습을 바라보는 왕후가 가볍게 한숨을 내쉬었다.

"그 일이 어멈에게 마냥 좋은 일은 아니라는 생각이 드는구나."

"무슨 말씀이신지…."

"너의 입장이 변하지 않았느냐. 왕자와 왕세자의 경우는 완전 다르지."

왕후가 잠시 말을 멈추고 정숙을 빤히 주시하자 정숙이 왕자와 왕세자를 되뇌며 다음 말을 이어달라는 듯 간절한 표정을 지으며 왕후를 바라보았다.

"네 실체와 위상 변화에 대해 생각해보거라. 그리고 내가 왜 네 시아버지와 원수지간이 되었는지를 헤아려 보거라."

정숙이 가만히 생각에 잠겨들었다. 이른바 권력의 문제였다. 그저 왕자에 불과했던 도는 권력과는 무관했고 정숙 역시 그러했다. 그런데 왕자가 아닌 왕세자라면 완전히 다른 이야기, 정숙 역시 세자빈으로서 상당한 위상의 변화가 오고 그 일은 결국 권력의 문제로 귀결되게 되었다.

자신이 도와 가례를 올리게 된 이유를 헤아려 보았다. 도를 권력에서 멀어지도록 하기 위함이었다. 비록 내심 왕세자의 자리를 엿보기는 했지만 원경왕후에 비견되는 자신에게 권력이 주어진다면 이방원과 원경왕후의 전례에서 보이듯 이방원과의 갈등이 불가피할 수밖에 없었다. 생각이 그에 이르자 머리가 복잡해지기 시작했다.

"어머니, 재고할 수 없는지요?"

"보위의 문제는 함부로 처단할 수 있는 문제가 아니란다."

"어머니, 그래도…."

"김 나인을 들라 하라."

왕후가 정숙의 간절함에는 아랑곳하지 않고 밖을 향해 입을 열었다. 그러기를 잠시 후 문이 열리며 앳된 여자아이가 조심스럽게 들어서고 있었다. 정숙이 들어서는 아이와 왕후의 얼굴을 번갈아 바라보았다.

"내자시(왕실 물자를 관리하던 부서)에서 일하는 아이인데 앞으로 어멈 곁에 두고 이 아이를 통해 수시로 나와 소통하도록 하게."

"어머니, 무슨 말씀인지 충분히 이해하겠습니다. 너무나 감사합니다."

정숙이 여자아이, 김 나인을 잠시 바라보다 가볍게 고개 숙였다.

"지금부터 정신 바짝 차려야 한다. 네 시아버지는 죽는 순간까지 권력을 나누지 않을 사람임을 명심하거라."
방금 전 생각했던 일이 다시 왕후로부터 흘러나왔다.

# 보위에 오르다

## 보위에 오르다

 충녕대군이 왕세자에 임명되자 정숙은 대부인에서 경빈으로 봉해졌다. 경빈으로 봉해진 지 두 달여가 흐른 시점이었다. 세자가 잠시 짬을 내어 만삭의 경빈과 함께 시간을 보내는 중에 밖이 소란스러웠다. 그러기를 잠시 후 대언인 김효손의 목소리가 들려왔다.

 "세자 저하, 주상 전하께서 지금 바로 보평전(현 사정전)으로 들라시는 분부를 주셨습니다."

 순간 세자가 자리에서 일어나 문을 열고 밖으로 나섰다. 급하게 달려왔는지 김효손의 얼굴에 땀이 배어 있었다.

 "무슨 이유로 이리도 급하게 찾으시는지 알 수 없겠소?"

 "그게, 저…."

 얼굴마냥 김효손의 호흡이 고르지 못해 말도 제대로 흘러나오지 않고 있었다. 세자가 그를 살피며 잠시 시간을 주고는 입을 열었다.

 "대언께서 저간의 사정을 알고 있는 듯 보이는데 바로 말하시오!"

"전하께서 세자저하께 전위하시…."

"뭐라…."

세자 역시 말을 끝까지 잇지 못하고 벌린 입을 다물지 못했다. 그 상태에서 잠시 고개를 절레절레 흔들다 김효손에게 차비를 갖추고 나오겠다며 다시 방으로 들어갔다. 밖에서 들리는 소리를 들었는지 경빈의 얼굴에 근심이 어리고 있었다.

"결국 올 것이 오고 말았습니다."

경빈의 근심스런 표정과는 달리 세자의 말투가 담담했다.

"그런데, 부인. 부인의 생각으로는 전위하겠다는 아버지의 의중이 진정이라 판단되오?"

"왜 그런 말씀을 하시나요?"

"나도 그렇지만 부인 역시 저간의 사정을 알고 있지 않소. 그래서 묻는 것이라오."

"간략하게 언급하자면 한편으로 의심스럽고 또 다른 한편으로는 진정이 아닐까 하는 생각 드옵니다."

"의심스럽다고 한다면?"

"전례가 있지 않습니까. 그리고 지금의 서방님의 실상을 헤아려 볼 일이지요."

"전례라…."

이방원은 태종 6년 즉 1406년에 자신의 본심을 감추고 세자 이제(양녕대군)에게 전위하고자 하였다. 그러나 백관의 격렬한 반대로 무산되고 그 일로 인해 자신의 전위에 대해 반겼던 원경왕후의 동생인 민무구와 민무질이 후일 죽임을 당한다.

그뿐만 아니다. 3년 뒤인 1409년에 다시 전위 의사를 밝힌다. 그 역시 신하들의 강력한 반대로 무산되었지만 당시는 조건을 걸었었다. 즉 자신은 물러나고 대신 군정은 자신이 도맡겠노라고 말이다.

또한 그 이듬해인 1410년에도 명나라에서 온 사신에게도 전위 의사를 밝혔다. 당시는 병을 구실로 들었으나 역시 신하들 특히 조영무의 간곡한 만류로 유야무야되고 말았다. 물론 명나라 사신도 적극 만류했었다.

"전례도 그렇지만 서방님의 실제를 보아야지요. 왕세자에 임명된 지 이제 2개월밖에 되지 않았는데, 즉 전혀 준비되지 않았는데 보위라니요."

최근에 들어 순방에 세자를 데리고 다녔지만 이방원은 첫아들 양녕을 왕세자로 삼으면서 효령과 충녕에게 모든 근심

버리고 즐기며 인생 살라고 당부했었다. 물론 폐위된 세자에 대한 아버지의 고민의 흔적을 살피며 나름 가능성을 점치고 세자의 자리에 올랐지만 스물두 살이란 나이도 나이려니와 보위를 이어받기에는 턱없이 부족하다 느꼈었다.

"그리고 지금 시아버지 상태를 보세요. 비록 나이 51세지만 아직도 혈기왕성하지 않습니까?"

경빈이 혈기왕성이란 단어에 힘을 주자 세자의 입에서 절로 신음이 흘러나왔다. 물론 여인들과의 잠자리를 의미했다. 특히나 이방원과 원경왕후가 끔찍이도 아끼는 아들 성녕대군이 죽은 지 얼마 되지 않은 시점에도 여인(숙의 이 씨)을 가까이하고 이듬해에 후령군 이간이 태어날 정도로 여러 여인들과 밤을 낮 삼아 지내고 있던 터였다.

"부인, 어머니께서 언급은 없었습니까?"

"전위와 관련한 말씀은 없었지만 어머니께서 중요한 말씀 주셨습니다. 시아버지는 생전에 그 누구와도 권력을 절대로 공유하지 않을 거라고 말이에요."

"세자 저하, 서두르시지요!"

세자가 가볍게 신음하는 중에 재촉하는 소리가 들려왔다.

"일단 불렀으니 가셔서 전하의 진정을 헤아려 보시지요.

전하께 진정이 존재하는지 모르지만…. 여하튼 처음에는 강력하게 만류하실 일입니다. 권력에 대해 조금도 관심이 없음을 주지시켜야 합니다."

"그러리다."

짤막하게 답한 세자가 크게 심호흡하고 밖으로 나서 세자전을 벗어났다. 지난 장마를 시샘하듯 비가 세차게 내리고 있었다.

"일의 자초지종을 말해주겠소?"

"뭐라 말씀하셨는지요."

세차게 내리는 빗소리에 세자의 목소리가 들리지 않았는지 김효손이 바짝 다가와 목소리를 높였다.

"너무나 갑작스러워 그렇소. 느닷없이 전위라니 말이요."

"전하께서 오늘 아침 갑자기 경회루에 거둥하시어 지신사 이명덕·좌부대언 원숙·우부대언 성엄을 불러 전위 절차를 밟으라는 명을 주셨습니다. 명을 받은 지신사와 대언들이 황망스러워 고위 관료들에게 이 사실을 통보하였고 삼정승과 육조 판서·참판들이 보평전에 몰려들어 모두 한결같이 만류하고 있는 모습을 보고 저하께 달려온 것입니다."

세자가 거세게 내리는 비를 바라보며 방금 김효손으로부

터 들었던 내용을 머릿속에 그려보았다. 어린 시절 멀찌감치서 보았던 전위 당시의 일이 주마등처럼 스쳐지나갔다. 아울러 지금 벌어지고 있는 일련의 일이 지난 시절처럼 일시적인 현상이었으면 하는 마음 간절하게 일어났다.

이런저런 생각으로 경복궁에 들어 보평전을 둘러싸고 있는 담벼락 가까이 이르자 서쪽으로 난 문을 통해 들어섰다. 그 상태에서 보평전을 바라보자 김효손의 말마따나 수많은 신하들이 전 앞에 도열하여 통곡에 가까울 정도로 만류하는 소리와 빗소리가 섞여 웅웅거리고 있었다.

순간 자리에 멈추어 전을 바라보는 중에 보평전의 문이 열리면서 세자가 도착하였다는 전갈을 받은 이방원이 국새를 지니고 모습을 드러냈다. 세자가 걸음을 빨리하여 이방원에게 다가가자 이방원이 국새를 내밀었다.

"아들아, 이제 이 대보를 네게 주겠으니 받거라!"

이방원이 대뜸 작은 상자에서 국새를 꺼내 상자와 함께 건네자 세자가 즉각 무릎을 꿇었다.

"아버지, 재고해주십시오!"

"뭐라! 재고라니 가당치 않다!"

짧게 말을 마친 이방원이 세자의 소매를 잡고 일으켜 세우고는 그대로 대보를 건넸다. 세자가 얼떨결에 대보를 받자 이방원은 마치 아무 일도 없다는 듯이 고개 돌려 보평전으로 들어갔다. 세자가 즉시 국새를 상자에 넣고 이방원의 뒤를 따라 전 안으로 들어갔다.

"아버지, 왜 제게 이러시는지요!"

말투뿐만 아니라 소리 역시 갈리고 있었다. 그 소리가 전 밖으로까지 들렸는지 신하들의 만류하는 소리가 빗소리를 압도하고 있었다.

"아버지로서 때가 되어 아들에게 국새를 전하는데 그 무슨 소리냐?"

"제 나이도 나이려니와 왕세자에 임명된 지 고작 두 달밖에 되지 않은 저에게 이런 대임을 맡기시니 소자로서는 차마 감당할 수 없고 또한 감히 받아들이기 힘듭니다. 그러니 반드시 재고해 주십시오!"

차라리 애절할 정도로 간청함에도 불구하고 이방원은 그를 무시하고 자리에서 일어났다.

"나는 이 순간부로 궁을 떠나 옛 세자전(창덕궁 근처)에 기거할 테니 너는 궁에 머물도록 하거라."

이방원이 자리에서 일어나 신하들에게 소소한 명을 내리

고 급히 전을 빠져 나가기 시작했다. 세자가 멍하니 이방원의 뒤를 바라보다 그 자리에 주저앉았다. 그 상태에서 방금 전에 경빈이 했던 이야기 아니, 어머니의 이야기를 곱씹어 보았다. 아버지 이방원은 생전에 그 누구와도 권력을 나누지 않을 것이라는 말 말이다.

그렇다면 작금에 벌어지고 있는 사태의 이면은 무엇일까 하는 생각이 일어났다. 그 상태에서 지난 시절 있었던 전위 사건을 되돌아보았다. 어머니인 원경왕후의 말이 백번 지당하다는 생각이 일어났다.

순간 대보를 들고 자리에서 일어나 전 밖으로 나섰다. 언제 비가 내렸느냐는 듯 하늘이 맑았다. 마치 걸음을 재촉하라는 듯한 감이 들었는지 세자가 서두르기 시작했다. 차라리 뛴다는 표현이 들어맞을 정도로 걸음을 급히했다.

옛 세자전에 이르자 전 앞 뜰에 대소신료들이 무릎을 꿇고 이방원의 복위를 합창하고 있었다. 그들의 모습과 손에 들려 있는 대보를 번갈아 바라보았다. 신하들의 절규마냥 현 상태에서 대보의 주인은 자신이 아니라는 확신으로 전 안으로 들었다.

"아버지, 저에게 정령 이러실 수 없습니다. 재고해 주십시오!"

세자의 눈에서 서서히 눈물이 흐르기 시작했다.

"그게 무슨 말이냐. 나의 뜻을 밝힌 것이 이미 두세 번이나 되는데, 어찌 나에게 효도할 생각을 하지 않고 이같이 어지럽게 구느냐? 내가 만일 신료들의 청을 들어 복위하려 한다면, 나는 제대로 죽지도 못할 것이다. 아울러 이미 종묘에도 고하였으니 이제 물리려 해도 물릴 수 없는 일이야. 그러니 어서 경복궁으로 돌아가도록 하라!"

이방원의 구구절절한 목소리에 차마 할 말을 잊고 밖으로 나섰다. 하늘을 바라보았다. 어느새 날이 어두워져 있었다. 하늘을 하염없이 바라보다 옆으로 시선을 주었다. 지신사 이명덕이 자신을 주시하고 있었다.

"지신사 대감, 어찌하면 좋겠소?"

"전과는 달라 보입니다. 아울러 명을 받들어 효도를 다하심이 가한 줄로 압니다."

이방원을 항상 곁에서 모시는 이명덕의 표정으로 보아 진심인 듯 느껴진 모양으로 세자가 이명덕으로 하여금 대보를 받들고 경복궁으로 돌아가게 하고, 김효손으로 하여금 대보를 지키면서 자게 하였다.

보위에 오르다

# 전위사기

# 전위 사기

"많은 우여곡절이 있었지만 결국 시아버지는 상왕으로 물러나고 네 아버지가 보위에 오르게 된 거야."

수양과 대부인이 왕후가 지금까지 한 이야기를 곱씹는다는 듯이 침묵을 지켰다.

"그런데 말이야. 아범과 어멈은 제 버릇 개 못 준다는 말 아느냐?"

왕후의 이야기가 이해되지 않는지 대부인이 의아한 표정을 지으며 바라보았다.

"어머니, 무슨 의미인지요?"

"방금 전에 전위 사건들을 이야기하면서 1409년에 있었던 일을 이야기하지 않았느냐?"

"그랬었지요. 그런데, 그렇다면 말만…."

수양이 차마 다음 말을 이어가지 못하고 눈만 동그랗게 떴다.

"네 아버지가 보위에 오르던 날 상왕이 신하들에게 한 이야기 살펴보자꾸나."

왕후가 다시 책자를 뒤적이며 한곳을 가리켰다.

『주상이 장년이 되기 전에는 군사와 관련한 일은 내가 친히 관장할 것이다. 또 나라에서 결단하기 어려운 일은 의정부 · 육조로 하여금 의논하게 하여 가부를 판단하도록 하고, 그 과정에 나 역시 마땅히 참여하겠다.』

"이, 이게…."

수양의 벌어진 입이 다물어지지 않고 있었다. 그를 바라보던 왕후가 가늘게 한숨을 내쉬었다.

"한마디로 시늉만 내고 만 게야, 시늉만."

"그런데, 어머니. 당시 시아버지 보료는 22세셨는데 장년이라면 도대체 몇 살까지를 이르는지요?"

"몇 살은 몇 살이냐, 나이는 그저 구실이고 당신이 살아 있는 동안까지를 지칭하는 거지. 방금 전에 내 시어머니 입을 빌려 말하지 않았느냐. 네 시할아버지는 생전에 그 누구에게도 권력을 나누어주지 않을 거라고."

이방원은 양녕대군과 관련하여 두 차례에 걸쳐 장년이란 표현을 사용한 바 있다. 1406년 양녕대군의 나이 13세일 때 가례와 관련하여 양녕이 장년이 되었음을 이유로 들었고 1412년 양녕의 나이 19세일 때 세자의 우빈객(세자 보좌직)인 이내가 상소를 올려 양녕의 거처가 궁궐과 다소 멀리 떨어져 비행을 일삼고 있다는 점을 들어 궁궐 가까이 세자전을 짓자고 하자 양녕이 장년이라는 이유로 난색을 표한 바 있다.

"아버지와 아들 사이에도 말이에요?"

"자신의 아내를 가리켜 잔악무도하고 교활하다고 했고 또한 권력을 빌미로 해서 비록 배다른 동생들이지만 아버지의 아들들을 죽이고 또 자신의 처남 모두를 죽인 사람이야. 오로지 권력에 환장한 사람인데 그런 사람에게 아들이라고 대수겠니."

수양과 대부인이 허탈하다는 듯 한숨을 내쉬었다.

"이제사 이야기하지만 너희 백부 즉 양녕대군이 세자에서 폐위된 진짜 이유가 무엇인지 알겠느냐?"

"그 역시 권력의 문제다 이 말씀이시네요."

"바로 그러하단다. 양녕 백부께서는 인성의 문제도 있지만 네 아버지와 성격이 천양지차로 다른 사람의 간섭을 견뎌내지 못하고. 그런데 양녕 백부에게 전위하게 되면 권력을 두고 불가피하게 부자지간에 피를 흘리는 일이 발생하게 될 것이고. 그런 이유로 즉 권력을 나누어주기 싫어서 세자를 폐한 게 아닌가 하는 생각도 일어나는구나."

"그럴 거면 무엇하자고 전위… 한 건가요?"

수양이 아직도 정신이 온전하지 못한지 말을 제대로 잇지 못하고 있었다.

"너희들이 한번 생각해보거라."

왕후가 차분하게 말을 건네고 두 사람의 얼굴을 번갈아 바라보았다. 그러기를 잠시 후 수양과 대부인이 서로의 얼굴을 주시했다. 흡사 상대방에게 답을 내어놓으라는 듯이.

"혹시 명나라 눈치를 보기 위해 그런 게 아닐까요?"

"그런 측면도 없지 않아 보이지. 네 백부를 왕세자에서 폐한 일 그리고 네 아버지로 하여금 왕세자를 삼은 사실 역시 명나라에 고해야 하는데 그 일에 대해 명나라에서는 어떤 시각으로 바라볼지 모르는 일이지. 단순히 그 사실만을 고하게 되면 명나라로서는 쉽사리 이해하기 힘들지 않을까?"

"어머니 말씀 듣고 보니 왕세자를 폐한 사실에 대한 명분 축적용이 아닌지요? 어쩔 수 없이, 즉 부득이하게 그리 일처리 할 수밖에 없었다는 사실을 강조하기 위해 전위로 위장하고자 했던 게 아닌가 하는 생각 일어납니다."

"결국 명나라의 눈치를 보기 위한 위장에 불과하다는 말씀이네요."

왕후와 수양의 대화를 듣고 있던 대부인이 조심스럽게 입을 열었다.

"그렇다고 보아야지. 그런데 그러한 내막을 떠나서 더욱 가증스러운 대목이 뭔지 아느냐?"

왕후가 '가증스러운'에 은근히 힘을 주며 가볍게 이빨을 갈았다. 두 사람이 걱정스런 표정으로 왕후의 입을 주시했다.

"어머니, 도대체 무슨 일인데 그러시는지요?"

"네 할아버지의 본성이 다시 드러난 게지."

"본성이라면?"

수양의 반문에 왕후가 천장을 주시하며 길게 한숨을 내쉬었다.

"신료들을 이용하는 방식 말이다. 당신은 그러고 싶지 않은데 신하들의 간청으로 어쩔 수 없이 진행한다는 식 말이야."

"그런 경우라면 대단한 술수네요. 아니, 치졸한 술수."

"그래서 박은을 비롯한 신하들의 빗발친 요구로 교서까지 지어 반포한 거야."

말을 마친 왕후가 다시 책을 뒤져서 한곳을 가리켰다.

『왕은 이르노라. 덕이 없는 내가 태조의 대업을 이어받아 밤낮으로 두려워하며 온 정성을 기울여 정사를 해 온 지가 어언 18년이 되었다. 은택이 백성들에게 미치지 못하여 여러 차례 재변이 일어났고, 또한 고질병이 근래 더욱 심하여 정무를 볼 수가 없게 되었다.

세자 이도는 슬기롭고 총명하며, 공손하고 검소하며, 효성스럽고 우애가 있으며, 너그럽고 어질어서 보위에 오르기에 합당하다. 그래서 이미 영락 16년 무술년(1418, 태종 18) 8월 8일에 친히 대보를 주어 기무를 전적으로 맡아보게 하였다. 오직 군국의 중요한 일만은 내가 직접 맡아 처결하겠다.』

"어머니, 뭔가 이상하네요."

수양이 골똘히 글의 한 부분 '俾專機務, 唯軍國重事, 予親聽斷(비전기무, 유군국중사, 여친청단)'을 살피며 고개를 갸웃거렸다.

"왜 그러세요, 대군?"

"교서에 쓰인 내용이 방금 본 글, 신하들에게 한 말과 달라서 그렇소. 신하들에게는 군사와 관련한 일은 직접 관장하고 또한 국가 중대사에도 관여한다고 했는데 이 교서에서는 아버지께 기무를 전적으로 위임한다 하지 않았소."

"기무라면?"

"국가의 근본이 되는 일 즉 국가의 중대사를 의미하지요."

"그러면 이게 무슨 말인가요?"

대부인의 질문에 수양이 아리송한 표정을 지으며 왕후를 바라보았다.

"그게 네 시할아버지의 실상이란다."

"그러면 교서가 아닌 앞서 신하들에게 말한 내용대로 모든 일을 처리하셨다는 말인가요?"

왕후가 대답 대신 한숨만 내쉬었다.

사은사 심온

## 사은사 십온

"네 할아버지를 한마디로 요약한다면 '이현령비현령'이라 할 수 있지. 즉 귀에 걸면 귀걸이가 되고 코에 걸면 코걸이가 되듯 당신 마음대로야."

두 사람이 곤혹스런 표정을 짓자 왕후가 다시 나지막하게 입을 열었다.

"이제 내 아버지를 죽음에 이르도록 하는 데 촉매로 작용했던, 아버지께서 명나라에 사은사로 가게 되는 과정을 설명하마."

"어머니, 사은사라면 아버지께서 보위에 오른 일을 고하기 위함이 아닌가요?"

"당연하지."

"그런데 사위가 보위에 오른 일을 고하기 위해 장인을 보낸다고요?"

왕후가 그저 웃기만 했다.

"왜 그러세요, 어머니?"

대부인이 개입했다.

"네 시아버지가 아닌 내 입장에서 생각해 보자꾸나."

"아버지께서 보위에 오르면 어머니께서도 당연히 왕후의 자리에…."

"돌려 이야기하자면 어머니의 왕후 등극을 어머니의 아버지께서…."

수양에 이어 대부인이 말을 채 잇지 못하고 기가 차다는 표정을 지었다.

"아버지께서 도대체 무슨 심정으로 그리 일처리 하셨는지요?"

수양이 원망스럽다는 표정을 지었다.

"네 아버지가 그럴 리 있겠니. 바로 네 할아버지가 독단으로 그리 일처리 하였어."

애초에 사은사로 판한성부사(현 서울시장) 김여지로 내정했었다. 그러던 것이 친척 관계에 있던 사람을 보낸다는 구실로 신의왕후의 친척인 안원군(安原君) 한장수로 교체하더니 상왕의 명으로 심온으로 교체했다.

상왕이 심온으로 교체하면서 표면상 두 가지 이유를 들었다. 첫째는 한장수보다 심온이 더욱 가까운 친척 사이라는 점 그리고 명나라의 황제와 가까운 사이로 조선에 자주 사신으로 오는 황엄과 친밀한 관계를 유지하고 있다는 이유를 들었다.

"당시 임금은 아버지였잖아요?"

수양의 반문에 왕후가 답답하다는 표정을 지었다.

"방금 전에 이야기하지 않았느냐. 네 아버지는 그저 무늬만 왕이라고. 모든 전권은 상왕이 행사했다고."

"그게 군사의 일도 그렇다고 조정에서 결단하기 어려운 일도 아니지 않습니까. 그저 의례적인 일인데 왜 할아버지가 그리하셨는지요?"

수양의 목소리가 절로 올라갔다.

"이미 그 순간부터 내 아버지를 죽이려 작정했던 게지."

수양과 대부인이 눈을 동그랗게 뜨고 서로의 얼굴을 바라보았다.

"내가 그렇게 추정 아니, 확신하는 데에는 두 가지 이유가 있어. 먼저 앞서 이야기했지만 사은사로 임명되는 과정이야. 그리고 다른 하나는 사은사로 임명하자마자 찬성으로 있던 아버지의 직위를 영의정부사로 임명한 거야."

"그 이유가 무엇인데요?"

"네 할아버지가 내세운 이유는 국왕의 장인으로 존귀함이 비할 데 없으니 조정의 최고 책임자 자리에 올려야 한다는 이야기였지."

수양이 도대체 이해되지 않는지 고개를 절레절레 흔들었다.

"대군, 왜 그러세요?"

"부인이 생각해보세요. 비록 외할아버지가 아버지의 장인으로 존귀한 대접을 받아야 하지만 아버지가 임금인데 그 장인이 조정 최고의 권력자라니요."

대부인이 잠시 생각에 잠겨들었다 어이없는지 눈살을 찌푸렸다.

"구실은 한편 그럴 듯해보이지만 내 아버지가 영의정부사로 임명되는 데에도 모략이 숨어 있던 게야."

"모략이라니요?"

"아무렴 모략이고말고."

당시 영의정은 한상경이었다. 한상경은 영의정에 임명된 지 2개월여 만에 졸지에 서원부원군으로 물러나는데 그 과정에 박은이 존재했다. 이방원의 의중을 파악한 박은이 이방원의 의중이 타당하다며 앞장서서 차자를 올리게 된다. 이에 직면하자 이방원은 신하들의 주청을 받아들이는 모양새를 취하며 승인한다.

"어머니, 이번에도 박은이 등장하는데 그 사람은 도대체 무슨 억하심정을 지녔기에 외할아버지를 궁지에 몰아넣지 못해 안달했는지요?"

"앞서 이야기하지 않았느냐. 네 아버지가 보위에 오르기 전에 네 아버지의 눈에 들고 싶어서 안달했는데 그를 외할아버지께서 저지했다고."

"그 사람 참으로 답답하네요. 할아버지는 죽지 않고 영원히 살고 또 아버지는 항상 무늬만 왕으로 군림하리라 생각한 모양입니다."

"그저 목전의 이익에만 몰두하는 사람이라고 보는 게 타당하지 않겠느냐?"

"여하튼 영의정부사로 승진한 게 어떤 영향을 미쳤는지요?"

"너희들이 생각해보거라. 임금의 장인이며 영의정인데 다른 사람들의 시선에 어떻게 비치겠느냐?"

"그야 당연히 그 누구를 가리지 않고 외할아버지께 줄을 대려고 애썼겠지요."

"오히려 임금보다…."

수양과 왕후의 대화에 대부인이 슬며시 끼어들었다.

"마저 말해보거라."

왕후의 재촉에도 불구하고 대부인이 곤혹스런 표정만 지었다.

"부인, 주저 말고 말해보세요."

"제가 생각할 때 속사정 모르는 사람들의 경우 어머니의 아버지께서 오히려 임금을 능가하는 권력자라 생각할 수도 있지 않을까 하는데요."

"허허, 부인의 말이 실로 일리 있소."

대부인이 어렵게 말을 마치자 수양이 가볍게 혀를 찼다.

"바로 그걸 노린 거란다. 나이 마흔네 살에 임금의 장인이며 또 영의정부사의 직위에 있으니 그 누구라도 그리 생각하지 않을 수 없겠지. 여하튼 이제 그 모든 가능성을 염두에 두고 내 아버지께서 사은사로 명나라를 향한다고 가정해보자. 그런 경우 누구라도 눈도장 찍고 싶은 생각이 들지 않을까?"

"그야 당연하지요. 오히려 그러지 않는다면 이상하지요."

수양이 단호하게 말을 맺자 왕후가 씁쓰레한 미소를 흘렸다.

"어머니, 그게 아닌가요?"

"실질적으로 그 일을 부추긴 사람이 바로 네 할아버지란다."

"네!"

두 사람이 이번에도 경악스럽다는 반응을 보였다.

"아버지께서 사은사로 떠나는 당일 궁궐에 들어 양정(涼亭, 경덕궁 북쪽의 정자)에서 상왕인 할아버지와 네 아버지에게 인사를 마치고 궁궐을 나서는 중에 상왕이 환관을 보내 문밖까지 전송하도록 한 거야."

그에 반해 그날 임금과 왕후는 연서역(은평구 역촌동)에 환관을 보내 전송하도록 했었다.

"그러면 사람들이…."

"사람들이 그를 보면 어떤 생각하겠느냐?"

"당시 실권자인 할아버지께서 그런 환대를 보냈으니 거리낌없이 전송 행렬에 동참했겠지요."

"그리고 결국 그 일로 인해 일시적으로 한양이 비게 되었어."

"할아버지께서는 그를 빌미로 삼아 외할아버지께서 권력을 장악할지도 모른다는 구실을 만든 것이네요."

"그런데 어머니, 그 이유가 무엇인지요?"

대부인이 은근히 목소리를 높였다.

"너희들은 어떻게 생각하느냐?"

"혹시 외할아버지가 권력을 차지할까 보아 그런 게 아니었을는지요."

왕후가 그저 웃기만 했다.

"그게 아닌가요?"

"내 아버지는 권력과 거리가 먼 분이야. 그리고 딸인 내가 왕후인데 언감생심 사위를 제치려는 생각은 꿈에도 꾸지 않을 분이시지."

"그런 분을 무슨 이유로…."

대부인이 수양을 바라보며 눈을 동그랗게 떴다.

"혹시 어머니…."

수양이 의혹 가득한 표정으로 왕후를 바라보았다.

"바로 그러하단다. 바로 나를 경계하고자, 내가 네 아버지를 넘어서 권력을 행사하리라 판단하고 그리 한 게야. 그런데 어떻게 그런 생각했느냐?"

"잠시 전 어머니 말씀 들어보니 아버지가 보위에 오르는데에는 어머니의 힘이 많이 작용했다는 생각이 들었습니다."

"그런 경우라면 무슨 문제가 있는가요?"

대부인이 수양을 빤히 바라보았다. 수양이 막상 말을 해놓고 대답을 하지 못하고 있었다.

"물론 아무 문제도 없지. 그러나 네 할아버지가 판단할 때는 다분히 문제의 소지가 그것도 상당히 있지."

"무슨…."

"남녀간의 문제로 네 시할아버지는 아내란 그저 남편의 소유물 정도로 판단하고 있었던 거야."

"그래서 할머니를 그리도 모질게 대했던 건가요?"

"또 나를 보면서 네 할머니를 연상한 게지. 내가 네 할머니처럼 네 아버지를 옥죄려 할지 모른다 생각한거고. 그래서 나에게 경고하고자 아버지를 겨냥한 거야."

왕후의 말이 끝나자 대부인이 수양을 빤히 바라보았다.

"왜 나를 그리 보는 거요. 혹시 나도 그럴 거라 생각하는 거 아니요?"

"무슨 말씀을 그리하세요. 서방님은 왕과는 거리가 먼 사람인데요."

대부인의 말 속에 공허함이 가득했다.

"과연 그럴까."

왕후가 짧게 말하고 애틋한 표정을 지으며 두 사람을 바라보았다.

"어머니, 무슨 말씀이세요?"

"네 아버지의 경우를 상기해보란 말이지. 그리고 네 할아버지는…. 여하튼 운명이란 모르는 게야. 중요한 사실은 현재의 삶에 최선을 다해야 한다는 점이다."

수양과 대부인의 표정이 심각하게 변화되자 왕후가 다시 입을 열었다.

"이제 내 아버지를 죽이는 계기를 만든 과정을 살펴보자꾸나."

# 강상인 옥사

# 강상인 옥사

"아버지께서 사은사로 가기로 결정난 바로 뒤의 일이었다."

이방원이 심온을 사은사로 임명한 이틀 후 병조참판인 강상인과 좌랑 채지지가 의금부에 갇히는 사건이 발생했다. 강상인이 군사에 관한 일을 이방원에게 아뢰지 않고 매번 세종에게만 보고했기 때문이었다.

그 과정에 강상인이 이방원에게 군사를 징발할 때 사용하던 상아패와 오매패를 대신을 소집할 때 쓰는 패라 속인 일이 이방원의 분노를 일으켰고 결국 강상인은 국문에 처하게 되었다. 아울러 이방원은 강상인의 배후를 밝히도록 지시내린다.

그리고 심온이 사은사로 명나라로 향하는 중에 이방원은 원종공신이라는 이유를 들어 동 사건을 불문에 부치도록 지시하고 강상인을 옹진의 일반 군사로 배속시키는 선에서 일단락 짓는다.

"그런데 말이다. 내 아버지가 명나라로 들어간 11월 초에 동 사건을 다시 끌어내기 시작했어."

이방원은 강상인의 일을 마무리짓지 못했다며 조말생 등 측근 신하들을 편전으로 불러들여 강상인의 처벌과 관련하여 재논의하도록 했다. 아울러 강상인이 이방원이 세종에게 전위할 당시 강력하게 반대하지 않았다는 이유를 들어 반역의 의사가 있었음을 언질하며 그 배후를 찾아내도록 지시내리자 좌의정인 박은이 쌍수를 들어 환영하며 그 일에 앞장선다.

"어머니, 반역이라니요?"

수양이 아리송한 표정을 지으며 입을 열었다. 왕후가 그 모습을 바라보며 실소를 터트렸다.

"잠시 전 내 시어머니의 두 동생이 전위 사건에 연루되어 죽임을 당했다고 이야기했지. 바로 그런 맥락으로 반역으로 몰고 간 게야. 그래야 네 외할아버지를 엮을 게 아니냐."

"그래서 강상인이 자백하였나요?"

이방원의 명에 의해 의금부는 강상인에게 압슬형을 가하며 심문하기 시작했다. 심문의 주요 골자는 강상인의 배후로 쏠렸다. 그러나 모진 고문을 받으면서도 강상인은 반역의 의도는 전혀 없었으며 배후 또한 존재하지 않는다고 항변했다.

그에 직면하자 다시 압슬형을 가하면서 고문에 강도를 더해갔다. 결국 강상인의 입에서 이방원이 의도한 바가 흘러나오기 시작했다. 강상인은 심온의 동생으로 동지총제(종2품 무관직)의 직에 있던 심정을 끌어들이고 급기야 심온까지 열거한다.

강상인에 의하면 "영의정인 심온과 의논할 일이 있어 날이 저물 때에 심온의 집에 가서, '군사는 마땅히 한곳으로 돌아가야 된다.'고 하였더니, 심온도 또한 '옳다'고 하였다."고 자백했다.

이와 관련하여 이조 참판 이관에게 압슬형을 가하며 신문하자 "내가 심온의 집에 가서 심온이 영의정에 임명된 것을 하례하고 '병사는 나누어 소속시킴이 불편하니, 마땅히 다 주상전에 돌려보냄이 어떠하냐.'고 한즉, 심온이 '그대의 말이 옳다. 그러나 법이 이미 정하여 있는 까닭으로 이와 같이 할 뿐이다.'고 답했다."고 자복했다.

"어머니, 실상은 무엇인가요?"

수양이 눈을 동그랗게 뜨고 어이없는 표정을 짓자 왕후가 책자를 뒤져 한쪽을 지적했다.

"한번 이 대목을 살펴보거라."

수양이 왕후가 가리키는 부분을 살펴보았다. 방금 전 이관이 자복한 내용의 원본 말미 부분이었다.

『溫曰: '卿言是矣。 然法已成, 故如此耳 (온왈: 경언시의。 연법이성. 고여차이』

"대군, 무슨 뜻인지요?"
대부인이 잔뜩 호기심 어린 표정으로 수양을 주시했다.
"이 대목을 해석하면 '심온이 말하기를, 그대의 말이 옳다. 그렇지만 법이 이미 정해져 있기에 이와 같이 해야 한다.'입니…."
수양이 말을 채 끝마치지 않고 길게 한숨을 내쉬었다.
"강상인은 이관의 말을 전해듣고 고문을 감당하지 못해 네 할아버지가 의도한 바대로 내 아버지를 무고한 거란다."
"이에 대한 할아버지의 반응은 어땠는데요?"
"강상인의 말만 듣고 내 아버지를 반역의 수괴로 단정해버렸어."
"어머니, 이건 완전히 모함 아닌가요! 그리고 반역이라니요! 반역이라 하면 조선을 전복시키거나 왕의 권력을 빼앗으려 하는 행위를 지칭하는데, 제 생각으로는 단순 업무 착오로 보이는데…."

대부인의 목소리가 절로 올라갔다. 순간 왕후의 눈에 핏발이 서기 시작했다.

"어머니!"

급기야 왕후의 눈에서 눈물이 비쳐지자 두 사람이 애타게 어머니를 외쳤다. 그러기를 잠시 동안 침묵이 이어지고 있었다.

"그런데 더욱 기가 막힌 일이 발생했단다."

"이보다 더 기가 막힌 일이 있다고요!"

왕후가 침묵을 깨고 입을 열자 이번에는 수양의 눈에 핏발이 서기 시작했다.

"강상인과 내 아버지 사이에 대질심문조차 못하도록 했다는 점이야."

당시 일부에서 심온의 연루 여부를 정확하게 밝히기 위해 강상인 등 관련자들과 심온의 대질심문이 필요하다는 의견이 존재했었다. 그런 가운데 좌의정인 박은이 다시 나선다. 그의 변이다.

『대질 심문을 하기를 원하신다면 강상인을 남겨 두고 다른 사람들에게 형벌을 가함이 옳습니다. 그러나 심온이 범한 죄는 증거가 명백한데 어찌 대질 심문을 할 필요가 있겠습니까. 이들을 남겨 두어선 안 됩니다. 게다가 반역을 공모한 자는 수범과 종범을 구분하지 않는 법이니 어찌 차등을 둘 수 있겠습니까.』

"이런 죽일 놈을!"
"그래서 어찌되었는가요?"
"어찌되긴, 상왕이 곧바로 박은의 아뢴 바에 따라 그날 강상인은 거열형으로 그리고 관련자들은 참수형에 처했어."
수양이 핏대를 세우자 대부인 역시 목소리를 높였다.
"어머니, 그런데 박은이란 놈은 그냥 두셨어요!"
수양이 다시 목소리를 높이자 왕후가 한숨을 내쉬었다.
"다른 사람들은 불문에 부치더라도 박은 이 사람은 내가 어떻게라도 처리하리라 마음먹었었지."
"당연히 그리하셔야지요. 그런데요?"
"그 사람이 내 마음속을 훤히 꿰뚫고 있었던 모양이야. 네 할아버지가 돌아가시기 바로 전날 죽었단다."
"네!"
"아마도 자신의 방패막이 사라질 걸 미리 알았던 모양이야."

"그놈 참으로 억세게 운이 좋네요."

"어머니, 그런데 궁금한 게 있…."

"말해보거라."

"어머니께는 어떤 위해도 가하지 않았는가 하는 생각이 들어서…."

연이은 대부인의 말에 수양의 표정이 심각하게 변했다.

"방금 내가 말하지 않았느냐. 나로 인해 일이 그리되었다고."

"그러면 어머니께도 위해를 가하려 했다는 말인가요!"

"당연하지 않겠느냐. 그런데 말이다."

왕후가 말을 멈추고 슬그머니 이빨을 갈았다. 그 모습에 두 사람이 바짝 긴장했다.

"상왕 본인이 아닌 신하들을 부추겨서 나를 폐하려고 시도했단다."

"폐비라니요!"

"말 그대로 죄를 물어 사가로 내쫓으려 한 거야."

"그것도 신하들을…."

수양의 얼굴에 핏발이 서기 시작했다.

"그런데 네 할머니로 인해 무산되고 그저 생색만 내고 말았단다."

 수양의 표정을 살핀 대부인이 길게 한숨을 내쉬었다. 이어 무슨 말인지 이해되지 않는지 두 사람이 왕후의 입을 주시했다.

 "그 일로 인해 네 할아버지와 할머니가 대판 벌였어. 그 일이 김 나인을 통해 곧바로 내게 전달되었었지."


 "지금 조정에서 당신이 중전을 폐하겠다는 이야기가 들리는데 그게 사실인가요!"

 강상인 등이 모두 죽음에 처해진 어느 한날 저녁에 대비가 서슬퍼런 표정을 지으며 상왕전을 찾았다.

 "그게 무슨, 신료들이 그리 청하니 내가 어찌할까… 생각 중이오."

 대비의 서슬에 밀려 상왕의 목소리가 흐릿했다.

 "이보세요, 말을 바로 하세요. 상대가 나요, 나! 내가 당신의 그 치사하기 짝이 없는 수법을 모를까봐 그러는 건가요!"

 "수법이라니요?"

 "당신은 당신 손에 절대 피를 묻히는 사람이 아님을, 파리 목숨 하나도 제 손으로 취하지 못할 위인이란 걸 내 모를 줄 아나요!"

상왕의 입에서 절로 끙하는 소리가 흘러나왔다.

"어느 놈이 간이 배 밖으로 나와 중전을 폐하자 하는가요!"

"폐하지 않을 경우 훗날 복수를…."

"결국 그게 무서워서 당신이 신료들을 부추기는 거지요."

대비가 안쓰럽다는 표정을 지으며 상왕을 바라보았다.

"그 무슨…."

"내게도 그런 공갈협박하더니…. 중전에게도…."

대비가 기가 찬지 말을 더듬었다. 대비가 중전이던 시절 이방원이 귀양 가 있던 동생 민무질의 처를 궁중에 들인 일로 인해 폐위를 거론한 바 있다. 당시도 역시 신하들을 동원하는 유사한 방법을 이용하려 하였으나 결국 유야무야되고 말았다.

"내가 길게 이야기하지 않겠어요. 중전을 폐하려면 먼저 주상을 비롯하여 그 자식들 모두를 죽여야 할 일이오! 그러지 않는 경우 어떻게 될지는 그 머리로 헤아려 보세요!"

"뭐라!"

상왕이 무슨 영문인지 모른다는 듯 눈을 동그랗게 떴다.

"권력이 그저 자기 개인 소유물로 알고 있는데 그게 영원할 거 같소. 천만의 말씀입니다. 아울러 당신도 어느 순간 죽음을 맞이할 터인데. 주상이나 그 자식들이 그를 좌시할까요. 절대 그렇지 않지요. 이 나라 반드시 피바다에 처하게 될 것이오. 그러니 단 한 번이라도 권력이 무엇인지 제대로 가늠해보세요!"

"결국 네 할머니 그리고 너희들 때문에 폐비 문제는 없던 일이 되었지. 그런데 네 할아버지가 어떻게 나왔는지 아느냐?"
두 사람이 호기심 가득한 표정으로 왕후의 입을 주시했다.
"내게 걱정하지 말고 밥 잘 먹으라고 하더라."
"네!"
두 사람이 동시에 소리쳤다.
"상황이 그러한데 폐비 문제가 내 안중에라도 있을 수 있니. 그리고 밥이 들어갈 리 있니. 그런데 밥 잘 먹으라니."
"그런데 어머니!"
"말하거라."
대부인이 잔뜩 호기심 어린 표정으로 왕후를 불렀다.

"지금까지 이야기하시면서 시아버지 이야기는 전혀 하지 않고 계신데 무슨 일이라도 있었는지요."
"시아버지라!"

# 운명

# 운명

"중전, 내 차마 할 말이 없소."

저녁 늦은 시간 세종이 왕후를 찾았다. 작금에 돌아가는 상황도 상황이지만 왕후가 음식을 전폐하고 누워 지낸다는 소식이 들려온 탓이었다. 왕후가 누운 상태에서 세종을 바라보았다. 가뜩이나 하얀 피부가 불빛에 발갛게 물들고 있었다. 그 모습을 보고 있자니 마음이 아련해져서 왕후가 몸을 움직이기 시작했다.

"그냥 누워 있지 않고…."

세종이 급히 몸을 기울여 몸을 일으키려는 왕후의 팔을 잡았다.

"주상 마음은 오죽하겠어요."

"아무래도 중전만 하겠소."

세종의 팔이 몸을 세운 왕후의 어깨를 감쌌다. 순간 왕후로부터 이상한 냄새가 흘러나오고 있었다. 죽기 직전의 사람들에게서 흘러나오는 냄새와 흡사했다. 세종의 입에서 절로 한숨이 흘러나왔다.

그도 그럴 것이 아들 용(瑢, 안평대군)을 낳은 지 얼마 되지 않은 시기에 아버지 일이 터진 관계로 제대로 산후 조리가 되지 못하고 있던 터였다. 세종이 그 상태에서 왕후를 찬찬히 살펴보았다. 몸에서 흘러나오는 냄새뿐만 아니라 몰골이 살아 있는 사람의 모습이 아니었다.

"이러다가 부인마저…."

세종의 말이 채 이어지지 못하고 대신 눈가로 미세하게 눈물이 보이기 시작했다.

"내가 주상께 몹쓸 일을 하고 있네요."

"몹쓸 일이라니 당치않소. 임금으로서 내 당연히…."

차마 다음 말을 이어가지 못했다.

"나도 훤히 알고 있으니 너무 자학하지 마세요."

세종과 왕후만 알고 있는 사실이 아니었다. 세종은 그저 무늬만 임금이란 사실은 조선 전체가 익히 알고 있었다.

"상감마마, 죽을 대령하였습니다."

두 사람이 침묵을 지키며 서로를 애틋하게 바라보는 중에 밖에서 김 나인의 목소리가 들려왔다. 이어 방문이 열리며 김 나인이 조그마한 소반을 두 사람 곁에 내려놓았다.

"내가 오기 전에 중전에게 줄 죽을 준비하라 일렀소. 그러니 어서 먹읍시다."

김 나인이 물러나기 무섭게 세종이 직접 수저로 죽을 떠서 왕후의 입으로 가져갔다. 잠시 멈칫하던 왕후가 천천히 입을 열고 죽을 받아들였다.

"지금 어머니께 다녀오는 길이오."

"대비마마께요!"

대비마마를 되뇌는 왕후의 얼굴에 희미한 미소가 감돌았다.

"그렇다오."

"어머니께서 뭐라 하시던가요?"


"네 얼굴이 말이 아니구나."

아들 세종을 보자마자 대비가 가볍게 혀를 찼다.

"저도 이런데 중전은…."

"너도 그렇지만 중전도 마음을 굳게 다잡아야 할 일이야."

"어머니, 무슨 말씀이신지요?"

"네 아버지의 속셈을 진정 모르느냐?"

"실은 그 때문에 어머니를 찾아뵌 것입니다."

세종은 어떻게든 자신을 끔찍이도 아끼는 장인 나아가 자신의 반쪽인 중전의 아버지를 살려야 한다는 일념을 지니고 있었다. 그런데 아버지 이방원을 상대로 하기에는 자신은 턱없이 부족했다. 그래서 결국 아버지를 가장 잘 알고 있는 어머니의 조언을 들어야겠다 작정하고 찾아온 길이었다.

"당연히 그 일로 찾아왔겠지. 그런데 네 아버지를 상대로는 방법이 없어 보이는구나."

"그 이유가 무엇인지요?"

"그 전에 네 외삼촌들 아니, 왜 내 친정을 몰살시켰는지를 헤아려 보거라."

2년 전에 그나마 남아 있던 두 동생 민무휼과 민무희가 귀양지에서 이방원의 강압으로 인해 자살로 생을 마감하고 네 동생의 처자들 역시 모두 먼 곳에 안치되는 그야말로 멸문의 화를 당했다.

"그야 외삼촌들이 권력을 탐하…."

"네가 잘못 알고 있구나. 네 외삼촌들은 권력과는 무관하게 죽임을 당한 게야."

"그러면 무슨 일로."

"두 동생들이 제 형들의 죽음에 대해 쉽사리 용인하지 못한다는 이유로 죽인 거란다."

"그게 죽일 이유가 되는가요?"

"지금 네 장인의 경우를 생각해 보거라. 네 장인이 무슨 죽을 일이라도 벌여서 죽이려 하는 게냐."

"물론 아닙니다만…."

세종이 길게 한숨을 내쉬었다.

"그를 떠나서 그 본질을 보란 말이다."

"본질이라면, 혹시 어머니…."

"바로 그런 이야기란다. 옛말에 색시가 예쁘면 처가 기둥에도 절한다는 말이 있듯이 내가 네 아버지에게 고분고분하고 예쁜 짓만 했으면 내 친정이 아무리 못된 짓을 저질러도 그리할 수는 없지. 그런데 사사건건 서로 대립하였으니 그 분풀이를 어디로 했겠니."

이방원과 원경왕후의 관계는 이방원이 권력을 장악한 이후 극과 극으로 갈린다. 권력을 잡기 전까지 두 사람은 마치 한 몸인양 움직였다. 육체는 물론 마음까지 하나 되어 권력을 잡지만 그 이후에는 완벽하게 남남으로 갈리게 된다.

아니, 이방원의 가슴 깊이 내재되어 있던 열등감이 서서히 폭발하기 시작했다. 그리고 공교롭게도 그 방향은 원경왕후에게 맞추어진다. 하여 원경왕후의 몸종을 강제로 취하여 애를 낳게 하는 등 조선 임금으로서 가장 많은 첩을 두게 된다.

그리고 얼토당토 않은 죄명을 씌우고 대비의 친정을 박살내기에 이른다. 이 모든 과정을 살피면 결국 초점은 원경왕후와의 불화로 맞추어진다.

"그렇다면 아버지께서 저리도 모질게 나오는 이유는 바로 중전 때문…."

대비가 그저 애틋한 표정을 지으며 세종을 바라보았다.

"다시 우리 부부 이야기해보자. 우리 부부의 경우 둘 다 강하기에, 강 대 강이 부딪치게 되니 한쪽이 사라질 수밖에 없던 게지. 결국 서로 간의 운명이 맞지 않았던 거야. 그런데 네 아버지의 시각에 중전 역시 이 어미와 동일하게 보이는 거야."

"그렇다면 정령 이 일을 멈추게 할 수 있는 방도는 없는가요?"

"물론 있지. 그러나…."

"그러나 뭐예요!"

세종이 급한 모양으로 말소리를 높였다.

"네가 물러나는 길밖에 없다."

"그러면 제가 물러나면 되지 않는가요!"

세종의 목소리가 다시 올라갔다. 그에 반해 대비의 표정은 굳어졌다.

"어머니, 왜 그러세요?"

"네 뜻이 정령 그러하냐?"

"그 길이 장인 어른과 처가를 살릴 수 있다면 당연히 그리해야지요."

힘주어 말하는 세종의 모습에 대비의 표정이 더욱 굳어지고 있었다.

"제가 잘못 말했나요?"

"아직도 네가 임금과 사인의 차이를 구분하지 못해 보이는구나."

"어머니, 지금 저는 허울만 왕이 아닌가요?"

"그래서 네 앞에 펼쳐질 기회를 날려버리겠다는 이야기냐!"

대비의 말소리가 올라가자 세종의 표정이 침울하게 변해갔다.

"너는 정령 역사의 죄인으로 남으려 하느냐?"

"그게 무슨 말씀이신지요?"

"지금도 네 아버지가 경영하는 조선이 정상이라 생각하느냐?"

세종이 대답 대신 대비의 얼굴을 빤히 바라보았다.

"그저 그런 왕자인 네가 세자로 이어 임금의 자리에 오른 그 의미를 모른다는 말이냐?"

"어머니, 말씀 주세요."

"이 어미는 네 아버지가 잘못 꿴 첫 단추를 제대로 바로잡는 게 너의 운명이라 굳게 믿고 있는데 그게 아니란 말로 들리는구나."

"역시 어머니께서 생각이 깊으시네요."

세종의 이야기가 끝나자 왕후가 가볍게 한숨을 내쉬었다.

"그러면 중전도 어머니의 의중을 짐작하고 있었다는 말인가요?"

"바로 그런 이유로 고민하고 있었지요."

왕후의 표정이 차분하게 변해갔다.

"그러니 혹시라도 보위에서 물러날 생각은 추호도 하지 마세요."

"그러면 장인 어른은 어찌하려고요."

"조선과 명나라 국경으로 사람을 보내 아버지께서 입국하시지 말도록 하려 합니다."

"그게 가능한가요?"

"이번에 아버지께서 사신으로 가게 된 이유 중 하나가 무엇인지요?"

"혹시 황엄과…."

잠시 생각에 잠겨들었던 세종이 눈을 동그랗게 떴다.

"그래요, 아버지께서 그분과 막역한 사이로 일정 기간, 상왕께서 살아 계시는 동안 그곳에 머무시도록 하려 합니다."

"그 일이 실패하게 되면 어쩌려 하오."

"어머니 말씀대로 운명으로 받아들이렵니다."

# 아버지의 마음

# 아버지의 마음

"당시 아버지께서도 마음 고생이 상당히 심하셨겠네요."
"네 아버지를 떠나 모름지기 인간이라면 티끌만큼이라도 정을 지니고 있어야 하지 않겠느냐?"
수양이 근심스런 표정으로 말을 잇자 왕후가 이방원을 빗대어 목소리를 높였다.
"혹시 어머니와 아버지를 중매했던 고모할머니(경선공주)의 도움을 받으려 하시지는 않았는지요. 할머니보다는 그분이 더욱 소용될 수 있었을 텐데요."
"숙모라면 상왕과 어느 정도 말이 통할 수 있었으나 당시에는 그럴 처지가 되지 못했어."
심온의 동생인 심종이 2차 왕자의 난 당시 주범이었던 이방원의 동생 이방간과 몰래 소통하다 귀양가서 그해 봄에 병으로 죽었던 터였다.
"저…."
대부인이 근심스런 표정으로 두 사람을 번갈아 바라보았다.

"왜 그러오, 부인."

"어머니께서 나서 보시지…."

"그 생각 안 해본 게 아니란다. 심지어 폐비 논의가 나오기 이전에 내가 스스로 궁을 나서는 방법도 생각했었지. 그러나 상대가 너희 시할아버지야. 자신의 비위를 건드리면 좌고우면하지 않고 반드시 피를 봐야 적성이 풀리는 사람인데. 그리고 네 시아버지도 그를 알고 적극 만류하였다. 그래서 최후 방법으로 사람을 보내기로 작정한 거야."

두 사람이 연신 한숨을 내쉬었다.

"지금 와서 생각하면 네 아버지나 내가 구원의 손길을 내밀지 않은 일이 네 할아버지를 더욱 자극했는지도 모를 일이라 생각드는구나."

심온에 대한 이방원의 대처 방식이 철두철미했다. 판전의 감사 이욱으로 하여금 의주로 가서 심온이 돌아오기를 기다려 잡아오도록 하고, 나아가 평안도 관찰사에게도 체포 명령을 하달하기에 이른다.

또한 그도 부족하다 여겼는지 명나라와의 통역관인 전의와 군사 10여 명을 명나라와 조선의 국경에 설치되었던 역참인 연산참으로 보내고 또 관인을 관리하는 강권선을 평안도로 보낸다. 강권선을 보낸 이유가 걸작이다.

평안도 관찰사 그리고 의주 목사와 입을 맞추기 위함이었다. 차후 혹시라도 심온과 국경까지 동행하는 명나라 사신이 훗날 심온의 안부를 묻거든, 어머니 병으로 충청도에 돌아갔다고 대답하고, 사람들로 하여금 그 일을 누설하지 않도록 하기 위함이었다.

"여하튼 어머니, 그래서 국경으로 사람을 보내셨나요?"

"어떻게든 아버지의 목숨을 구해야 하지 않겠느냐. 그래서 강상인을 비롯한 관련자들이 죽임을 당하기 바로 직전에 움직였지."

"할아버지를 상대로 쉽지 않았을 텐데요."

"물론 쉽지 않았지."

"그런데 어머니."

"말하거라."

"그 일이 실패했으니 외할아버지께서 변고를 당하신 게 아닌지요?"

왕후가 크게 한숨을 내쉬었다.

"실상은 그게 아닌가요?"

아버지께 사람을 보내 입국을 막아야 한다는 생각은 왕후만의 생각이 아니었다. 왕후의 어머니인 안 씨 역시 동일한 생각을 지니고 있었다. 하여 왕후는 상왕의 치밀함을 생각하여 길 떠나는 친정 하인에게 자신의 몸종이었던 을선을 딸려 보냈다.

아울러 연산참 가까이 이르러 을선은 따로 행동하여 압록강 건너에 있는 탕참(湯站)에서 아버지를 만나 당시까지 진행되었던 사실을 상세하게 말씀드리고 절대로 입국하지 말아야 한다 전하도록 했다.

그리고 오래지 않아 을선은 아버지를 만나게 되고 왕후의 간절함을 심온에게 전달했다. 그러나 을선의 구구절절한 호소에도 불구하고 심온은 그곳까지 따라온 명나라 사람들을 뒤로하고 압록강을 건너 결국 체포되었다.

순간 말을 멈춘 왕후의 눈가로 미세한 눈물이 보이기 시작했다.

"어머니!"

"불쌍한 을선이."

수양이 간절하게 왕후를 부르자 왕후가 애절하게 을선을 되뇌었다. 그를 살핀 두 사람이 고개를 갸우뚱거렸다.

"을선이 목숨을 버려서까지 만류하였건만…."

심온이 기어코 압록강을 건너 입국을 시도하자 을선이 왕후의 간절함을 호소하고자 그 차가운 압록강에 투신하고 말았다. 그럼에도 불구하고 심온은 기어코 압록강을 건넜던 터였다.

"그런데 왜, 외할아버지께서…."

"두 가지 이유에서였지. 첫째는 왕비인 나를 위해, 혹시라도 내가 해코지 당하지 않을까 염려해서고 둘째는 당신은 전혀 관계없는 일로 입국해서 강상인 등과 대질하면 누명을 능히 벗어나실 수 있다 생각하신 거야."

"저라도 그랬겠어요."

"모름지기 아버지라면 당연히 그리 행동했겠지. 그런데 나는 차마…. 어리석게도 아버지의 심정을 헤아리지 못한 거야. 여하튼 아버지는 체포된 후 곧바로 의금부로 압송되어 모진 고문을 받으시고 반 송장에 처해진 그날 수원으로 압송되어 그다음 날 곧바로 사약을 받고 죽임을 당하셨어."

말을 마친 왕후가 갑자기 무슨 생각이 일어났는지 책자를 뒤적이기 시작했다. 그러기를 잠시후 책자의 한 곳을 지목했다.

"이 대목을 살펴보거라."

왕후의 말에 수양과 대부인이 눈에 잔뜩 힘을 주고 시선을 집중했다.

『後義禁府提調等詣壽康宮啓曰:"欲行無禮之言, 觀其辭色, 發於奮激, 非其實情, 故於啓本內不錄。"上王謂主上曰:"若然則宜當賜死, 不可加刑。"乃賜自盡。

후의금부제조등예수강궁계왈:"욕행무례지언, 관기사색, 발어분격, 비기실정, 고어계본내불。"

상왕위주상왈:"약연즉선당사사, 불가가형。"내사자진。』

잠시 후 수양이 입을 열기 시작했다.

『후에 의금부 제조들이 수강궁에 가서 아뢰기를,

"무례한 짓을 행하고자 한다는 말은, 그의 말과 얼굴색을 본다면, 격분한 데서 비롯된 것이고, 그 실제 사정은 아니므로, 계본(啓本, 임금에게 보이는 서류)에는 기록하지 않았습니다."

고 하였다. 상왕이 주상에게 이르기를,

"그렇다면, 마땅히 사사하고 형은 더할 수 없다."면서 이에 스스로 목숨을 끊게 하였다。』

읽기를 마친 수양이 그 글의 윗부분으로 시선을 주었다. 어머니께서 처음 보인 대목에 초점을 맞추었다.

『온이 상왕에게 무례한 짓을 행하고자 한다고 말하였습니다."
하니, 상왕이 한참 동안 깊이 생각하다가 주상(세종)에게 말하기를,
"내가 사약을 내리고자 하였더니, 지금 이 말을 들으니, 사약을 내리지 않을 수 없겠다."』

"어머니, 도대체 이게…."
수양이 채 말을 끝마치지 못하고 입을 벌리고 있자 대부인이 찬찬히 그를 살펴보았다. 한참을 들여다보던 대부인이 경악스럽다는 반응을 보이며 입을 열었다.
"무례한 짓을 행하고자 한다 해서 사약을 내린다 했는데, 무례한 짓을 행한다고 한 일이 외할아버지의 진정이 아니라고 의금부에서 고변했는데 마땅히 사사한다니. 도대체 이걸 어떻게 받아들여야 하나요?"
"그런데 더욱 기가 막힌 일은 뭔지 알겠느냐?"
"혹시 형을 더하지 않겠다는 대목…."

수양의 눈이 동그랗게 변해가자 왕후의 눈에 다시 핏발이 서기 시작했다.

"이미 내 친정을 박살내놓고. 그리고 죽음 이외에 더한 형벌이 무엇인지. 도대체 인간이라면 어찌 이리 잔악무도할 수 있는지 나로서는 이해하기 힘들구나."

이방원은 심온을 체포하여 죽이기 전에 이미 왕후의 어머니와 여동생들을 천민으로 전락시키고 가산 역시 모두 빼앗았던 터였다. 또한 왕후의 남동생들은 천민의 직을 벗어났으나 금고 상태에 처해지게 되었다.

이에 직면하자 왕후의 바로 아래 동생인 심준은 일찍감치 생을 마감하고 두 동생인 심회와 심결은 문종 조에 들어 벼슬길에 나선다. 뒤이어 수양대군이 보위에 오르자 세조는 두 사람을 당상관으로 임명하고 대궐에서도 그들에게 숙부라 부를 정도로 각별하게 대우했다.

"그런데 어머니, 저녁도 깊어가는 데 요깃거리라도 내오라 할까요?"

대부인의 말에 왕후가 수양을 바라보았다. 방금 전부터 수양의 배에서 조그마하지만 이상한 소리가 들려오고 있었다. 그를 감지했는지 수양이 슬그머니 자신의 목덜미를 만지작

거렸다.

"그래, 아직 할 이야기가 많으니 배를 채워가며 이야기하자꾸나."

대부인이 자리에서 일어나 문을 열고 밖을 향해 상을 들이라 전하고 다시 자리 잡았다.

"그런데 어머니, 힘드시지 않으세요?"

"지금 이상하게도 전혀 힘들다는 생각이 일어나지 않는구나. 아마도 그간 마음속에 숨어 있던 화를 모두 풀어내고 있어 그런 모양이야."

왕후의 말이 정말인 듯 표정에 순간적으로 생기가 묻어 나왔다. 그 모습에 두 사람이 오히려 긴장하기 시작했다.

"너희들 표정을 보니 혹시…."

그랬다. 두 사람의 생각에는 왕후의 모습에서 마지막 불꽃을 보았을지도 몰랐다.

"어머니, 그런 말씀 마세요. 너무나 보기 좋아서 그럽니다."

"그러니 다음 말씀을 이어주세요."

수양에 이어 대부인이 말을 잇자 왕후가 다시 입을 열기 시작했다.

가슴에 품다

## 가슴에 품다

"마마, 지금 어가가 한양으로 들어섰다 하옵니다."

김 나인의 밝은 표정을 살피며 왕후(충녕이 보위에 오르자 직접 검비란 비호를 지어주나 이방원이 발음하기 곤란하다며 공비로 고치고 1432년에 왕비에게 비호를 지어주는 관습이 사라진다)가 가만히 날짜를 헤아려 보았다.

봄을 맞이하여 지역 순방을 이유로 세종이 궁을 나선 지 딱 10일이 흘러갔다. 세종이 상왕과 노상왕(정종)을 모시고 철원, 연천, 평강(현재는 북한 지역) 그리고 다시 철원으로 돌아와 양평, 포천을 거쳐 오늘 점심을 송계원평(현 중랑구 면목동)에서 해결했다.

지난 저녁 오늘 점심 일정을 전해 듣고 왕후가 직접 나서서 수라간을 지휘했다. 자신의 서방은 물론 두 분 상왕을 위해 진심을 담아 잔칫상을 준비하여 시간에 맞추어 보냈고 그곳에서 점심을 해결한 일행이 궁으로 이동했던 터였다.

왕후가 자리에서 일어나 치장하기 시작했다. 얼추 치장을 마친 왕후가 다시 다소곳하게 자리 잡고는 잠시 후면 세종이 들어설 문을 바라보았다. 문을 바라보자 아버지의 초상을 치르고 돌아왔던 일이 주마등처럼 스쳐지나갔다.

"중전, 정말로 고생 많았소. 그리고 면목이 없구려."

왕후가 아버지가 죽임을 당한 수원에서 초상을 치르고 돌아왔다는 전갈을 받은 세종이 모든 업무를 제치고 왕후가 상복을 채 갈아입기도 전에 방문했다. 왕후가 자리에서 일어나 세종의 모습을 찬찬히 바라보았다. 비록 용포를 거친 외관은 단정해 보였지만 세종의 말마따나 얼굴에는 깊은 수심이 드리워져 있었다.

"심려 마세요. 이미 다 지나간 일입니다."

세종과는 달리 왕후의 표정 그리고 말투는 평화롭기 그지 없었다. 그 모습에 오히려 세종이 아리송한 표정을 지었다.

"정말로 괜찮은 겁니까!"

곁에 김 나인이 있음에도 불구하고 세종이 왕후의 손을 잡았다. 김 나인이 어쩔 줄 몰라 하다 잠시 후 급하게 방을 나섰다. 왕후가 방을 나서는 김 나인에게 조촐하게 상을 들이라 지시했다.

**가슴에 품다**

"상왕 전하의 배려로 아버지 가시는 길 편히 모셨으니 그로 족합니다."

이방원이 심온이 사약을 먹고 죽었다는 보고를 받고 그의 장사를 후하게 치러 주라는 명령을 하달한 바 있다.

"돌아가신 연후에 그게 무슨 소용이라고…."

세종이 볼멘소리를 하자 이번에는 왕후가 세종의 양손을 잡고 자리에 앉았다.

"너무 상왕 전하 탓하지 마십시오. 이제는 제자리로 돌아가야지요."

"제자리라…."

"아버지 초상을 치르면서 많은 생각하였습니다. 아버지의 죽음의 의미 그리고 동 사태를 상왕 전하의 입장에서 생각해 보았습니다."

세종이 호기심 어린 표정으로 왕후를 바라보았다.

"먼저 아버지의 죽음의 의미를 헤아려보았지요. 아버지는 그저 절대 권력의 희생물이었다는 대목입니다. 말인즉 권력의 출처는 백성이고 아울러 권력은 백성들의 삶의 질 향상을 위해 사용되어야 한다는 대목입니다."

"일전에도 이야기했지만 순방을 통해 백성들 틈에 섞이다

보니 부인 말대로 백성이 없는 임금은 존재할 수 없고 권력은 백성들을 위해 사용되어야 함을 내가 잘 알고 있소. 그 부분에 대해서는 중전의 말에 전적으로 동조합니다."

"고맙습니다, 서방님."

세종이 은근한 표정을 지으며 왕후를 바라보았다. 왠지 모르게 왕후가 변한 듯 보였다. 아버지 심온 사건을 겪으며 한층 더 성숙해진 듯 보였다. 이어 자신의 모습을 그려보았다. 비록 왕후보다 두 살 어리지만 왕후에 비해 아직도 어리게만 느껴졌다.

"그리고 아버지의 입장이라면?"

"상왕 전하의 입장이라기보다 시대의 흐름에 따라 역할이 다르다는 점입니다. 그런 의미에서 상왕 전하의 입장에서 아버지 사건을 들여다보았습니다."

왕후가 잠시 말을 멈추고 가볍게 한숨을 내쉬었다.

"상왕 전하의 관심은 권력입니다. 아울러 그 권력은 자신에게만 오로지해야 하는데 시어머니께서 그를 쉽사리 용인할 수 없었던 거지요. 그래서 시어머니 대신 그 친정에 화살을 돌린 게지요. 그런데 제 존재가 시어머니와 너무나 흡사하고 그래서 시아버지는 지난 시절을 되돌아보며 저와 제 가문에 화살을 돌린 겁니다."

"그래서 중전의 생각은 무엇이오. 내 중전의 말에 그대로 따르리다."

"지금 권력의 주인은 상왕 전하입니다. 아울러 지금의 권력은 상왕 전하께서 쟁취한 권력이니 그저 바라볼 수밖에 없지요."

"그 과정에 어머니와 외가의 힘이 지대하게 작용했었지 않소."

"물론 그러합니다만, 최후의 승자는 바로 상왕 전하셨지요."

"그래서요?"

"길게 바라보자는 이야기입니다. 비록 주상이 임금이지만 현 권력의 주인은 상왕 전하이니 그를 인정하고 어느 시기가 다가오면 주상의 시대를 열어가면 되는 게지요."

"아니지요, 중전과 나의 시대를 열어야지요."


"중전마마, 주상 전하 드시었습니다."

왕후가 한창 생각에 빠져들었을 즈음 김 나인의 맑고 투명한 목소리가 들려왔다. 이어 곧바로 문이 열리며 세종이 모습을 드러냈다.

"그동안 수고 많으셨습니다."

반가운 표정을 지으며 세종의 얼굴을 살피니 전작이 있었던 듯 불그스름한 기운을 띠고 있었고 희미하게 술 냄새까지 풍기고 있었다.

"수고라니요. 당연히 해야 할 도리를 다한 것뿐입니다. 그나저나 중전에게 고맙다는 말을 해야겠소."

"무엇을 말인가요?"

"오늘 점심을 먹으면서 상왕 그리고 노상왕 전하께서 중전의 수고로움을 들으시고 상당히 흡족해했다오. 물론 음식이며 술도 그러하고요."

"저만 음식을 보낸 게 아니지 않은가요?"

물론 노상왕의 아내 성비 그리고 상왕의 아내인 대비도 음식을 보냈다.

"물론 그러하오. 그런데 두 분 전하께서, 특히 아버지께서 중전이 직접 독려하여 음식을 마련했다는 소식을 들으시고 중전의 노고에 감탄하셨다오."

"그나저나 서서 이러지 말고 앉으셔서 그동안 어떠했는지 들려주시지요."

자리하는 세종의 표정이 순간적으로 어둡게 변해갔다.

"왜요, 저와 함께 자리하기 불편하신가요?"

"중전, 아무러면 그럴 리가 있겠소. 다만, 중전의 이야기를 들으니 순행의 횟수를 조금 줄여야겠다는 생각이 들어 그러하다오."

"이유를 말해주겠어요?"

"순행으로 인해 백성들의 사정을 파악할 수 있다는 장점이 있는 반면 한편으로는 백성들을 성가시게 하는 게 아닌가 하는 생각 일어났다오."

임금이 움직이면 그 지역의 관찰사를 비롯한 모든 벼슬아치들 그리고 임금을 맞이하기 위해 각별히 준비해야 하는 사람들의 입장에서 살피면 임금의 순행 혹은 강무가 마냥 즐거운 일은 아닐 터였다.

"상왕께서 자주 강무를 나가는 데에는 이유가 있다 하지 않았습니까?"

왕후가 슬그머니 세종의 모습을 찬찬히 훑어보았다. 그런대로 보기는 좋지만 조금은 비대했다.

"물론 내 건강을 위해 억지로…. 내가 살은 조금 쪘지만…."

세종이 왕후의 의미를 간파했는지 말하다 말고 슬그머니 왕후의 손을 잡았다.

"그래서요."

"내 아직도 혈기왕성하지 않소."

"확인해봐도 되겠어요?"

"그동안의 회포도 풀어야 하지 않겠소."

세종의 얼굴색이 술기운에 더하여 더욱 발갛게 물들어갔다. 얼굴에 수염이 자리하고 있건만 아직도 완연한 어른의 모습은 보이지 않고 있었다. 왕후가 세종의 얼굴을 바라보며 자신의 호흡을 가다듬는 순간 문이 열리며 김 나인이 술과 안주를 곁들인 소반을 들고 들어왔다.

"역시 중전과 나는 한 몸이오, 한 몸."

상은 조그마하지만 상 위에 놓인 음식들을 보며 세종이 흡족한 표정을 지었다. 왕후가 그날 점심에 보냈던 음식들 중에 일부를 남겨두었던 터였다.

"잠시 섰거라."

상을 들인 김 나인이 종종걸음으로 물러나는 순간 왕후가 김 나인을 세웠다. 세종이 호기심 어린 표정으로 왕후와 김 나인을 번갈아 바라보았다.

"저 아이가 누군지 알지요?"

"중전이 이야기하지 않았소. 어머니께서 중전을 각별히 모시라고 보낸 아이지 않소. 그런데 왜?"

"지금은 비록 열네 살에 불과하지만 그저 남 대하듯 하지 마시라는 이야기입니다."

세종의 얼굴에 호기심이 잔뜩 묻어나오고 있었다. 반면에 김 나인의 얼굴은 홍당무처럼 발갛게 물들어갔다.

"이제 물러나거라."

왕후의 부드러운 말투에 김 나인이 몸도 제대로 가누지 못한 듯 비틀거리며 밖으로 나섰다.

"중전, 무슨 의미요?"

"아이가 참 곱고 심성 또한 너무나 착해서 눈여겨 보란 말입니다."

세종이 무슨 의미인지 모른다는 듯 눈을 동그랗게 떴다.

"그 이유는 후일 알려드릴 터이니 제 잔 받으시고 아직도 혈기왕성한지 확인시켜줄 일입니다."

"그야 당연한 일이건만…."

세종이 김 나인이 아닌 왕후의 적극적 공세에 조금은 당황한 듯했다.

"이제 지난 일 모두 가슴에 묻어두고 새롭게 시작한다는 마음으로 살아가려 합니다."

"우리가 마주했던 첫날밤처럼 말이지요."

"그보다 더…."

순간 세종의 시선에 술은 안중에도 없다는 듯 왕후를 취하기 시작했다. 그리고 10개월 후 넷째 아들인 이구(李璆, 후일 임영대군)가 세상을 향해 우렁찬 울음을 터트렸다.

# 대비의 유언

# 대비의 유언

"대비마…, 어머니!"

왕후가 시어머니인 대비가 학질에 걸려 병져 누웠다는 소식을 접하고 낙천정(지금의 서울 광진구 자양동에 위치했던 이궁)을 찾았다. 서서히 죽음의 그림자에 휩싸여가는 대비의 모습을 확인한 왕후가 누워있는 대비의 몸으로 쓰러지듯 상반신을 기울였다.

그런데 상세하게 살펴보니 대비의 외형만 그런 게 아니라 몸 안에서도 서서히 생기를 잃어가고 있었다. 대비의 몸에 밀착한 코를 통해 미약하지만 그 냄새가 전달되고 있었다. 그를 감지한 왕후가 오열을 터트렸다.

"중전이, 언제 왔…."

눈을 감고 있던 대비가 눈을 뜨며 자신에게 기울어져 온 왕후의 어깨를 가볍게 쓸어주었다. 순간 밖에 머물다 왕후가 방문했다는 전갈을 받고 들어온 여인이 급히 다가와 대비의 상반신을 일으켜 세웠다.

"차마 오래⋯."

대비를 일으켜 세워 품에 안은 여인이 울먹이며 말을 끝맺지 못했다. 왕후가 그녀에게 시선을 주었다. 30대 초반으로 보이는 여인의 모습이 낯설게 느껴지지 않았다.

"그런데 누구⋯."

"중전은 이 여인을 모르겠느냐?"

왕후가 여인을 주시하며 의아한 표정을 짓자 대비가 잠시 몸을 추스르고 나직하게 말문을 열었다.

"중전마마, 오랜만에 뵈옵니다."

왕후가 자신을 바라보며 공손하게 고개 숙인 여인의 얼굴을 찬찬히 살펴보았다. 분명 어디선가 한 번쯤은 본 적 있는, 전혀 생소한 사람은 아니었다.

"어디선가 보았음직하온데⋯."

"자주 접하지 않았으니 그럴 수밖에. 이 여인은 내 동생 무휼의 아내의 동생이라네. 아참, 무휼의 아내는 일전에 만나본 적 있지 않은가."

왕후가 잠시 생각에 잠겨들었다. 대비의 주선으로 어머니와 함께 동생 심준의 장모를 만나보았던 일을 떠올렸다. 잠시 생각에 잠겨들었던 왕후가 여인의 손을 잡았다.

"몰라보아 미안합니다, 사돈."

"자주 찾아뵙지 못한 제 불찰이 크옵니다. 그리고 사돈이라니 당치 않으십니다. 그냥 하대해주세요."

"그럴 수는 없지요. 그나저나 동생으로부터 남편과 사별했다는 이야기를 들은 듯합니다만. 어떻게…."

여인이 대답 대신 가볍게 한숨을 내쉬고 대비에게 시선을 주었다.

"그래서 내가 부탁했네. 염치 불고하고 내 곁에 머물러 달라고."

"대비마마, 오히려 제가 황공하옵지요. 머무를 곳이 마땅하지 않은 저의 곤궁한 처지를 살피시고 구원해주셨으니 제가 몸 둘 바를 모르겠습니다."

왕후가 가만히 여인의 얼굴을 바라보았다. 애써 밝은 표정을 짓고 있는 여인의 얼굴에 어두운 그림자가 언뜻언뜻 비치고 있었다. 불충의 죄를 범했다는 이유로 자진했던 대비의 동생 민무휼로 인해 자신의 언니 역시 먼 곳으로 유배당했다. 또한 언니의 자식들은 모두 아버지 이직이 도맡아 키우고 있었다. 더욱이 당시 이직은 민무휼로 인해 고향인 성주로 귀양 가 있었다. 그런 상태에서 남편과 사별한 여인이 친정으로 돌아가기도 막막할 터였다.

왕후가 그녀의 상황을 살피고 비록 유배는 당하지 않았으나 천민으로 전락한 어머니를 떠올려보았다. 절로 가슴이 무거워지고 있었다.

"사정이 참으로 안타깝게 되었습니다."

"아무러면 중전마마께 비하겠습니까."

말하는 여인의 얼굴에 진정이 배어 있었다.

"그래, 사부인은 가끔 찾아뵙고는 하느냐?"

대비가 왕후의 속내를 읽은 모양이었다.

"당연히 그리해야 하건만…."

왕후가 말을 맺지 못하고 시선을 천장으로 주었다.

"내가 괜한 걸 물어보았구나. 상왕이 버젓이 버티고 있으니 언감생심 꿈도 못 꿀 일임을 알고 있으면서."

말끝을 흐린 대비가 가볍게 한숨을 내쉬자 왕후와 여인 역시 한숨을 내쉬었다.

"이보게, 중전이 왔는데 다과라도 내와야 도리 아니겠나."

여인이 순간적으로 아차했는지 대비를 두른 팔을 조심스럽게 빼내려 했다. 대비가 그를 만류하며 밖을 향해 다과를 들여오라 지시하고 여인의 품에서 벗어나 자세를 바로 했다.

여인이 잠시 근심스런 표정을 지으며 대비의 상태를 살피다 왕후 곁에 다소곳이 자리했다.

"내 이제 시간이 그리 많이 남지 않은 듯한데 오늘 중전과 함께 시간을 가져보세나. 이승을 떠나기 전에 몇 가지 당부해야겠네."

"어머니!"

"대비마마!"

왕후와 여인의 입에서 동시에 외침이 흘러나왔다.

"너무 슬퍼하지들 말게. 지내놓고 보니 인생이 이렇게 허무할 줄 몰랐네. 그러나 살아갈 사람들은 또 살아가야지. 여하튼 그런 차원에서 중전에게 부탁하려네."

"어머니, 부탁이라니요, 당치 않습니다. 그리고 서둘러 쾌차하시어야지요."

"중전은 내가 지니고 있는 병이 무엇인지 모르는 게로구나."

"그야 화…."

"맞아, 가슴에 품은 화로 인해 더 이상 지탱할 수 없음을 내가 잘 알고 있어. 그래서 내가 부탁하려는 게야."

왕후가 가슴을 진정시키고 대비의 손을 잡았다.

"말씀 주세요, 어머니."

"내가 죽어서도 상왕 곁을 떠나지 못할 것 같구나."

"그게 무슨 말씀이신지요?"

"그 사람이 머리를 써서 법제화한 거야."

"어떻게요?"

왕후의 눈이 동그랗게 변했다.

"상왕이 그와 관련하여 '내가 죽어서 중궁과 합장하고자 하는데, 하늘 아래에 한 무덤에 묻히려는 계교가 아니라, 후세 자손이 성묘할 때에 여기저기 왔다 갔다 하는 폐단이 없게 하기 위함이다.'고 하면서 예조에 지시했었네."

"네!"

두 여인이 동시에 목소리를 높였다.

"얼마나 가증스러운 말인가. 같이 묻히고 싶지 않은데 자손들이 번거로울까 봐 합장하고자 한다니 이 얼마나 기가 막힌 일인가."

"도대체 무슨 심사인가요?"

"훗날이 두려운 거지, 훗날이."

"후손들이 상왕의 실체를 알까 봐 그게 두려워 그런가요?"

"더하여 명색이 한 나라의 왕이었는데, 후손뿐만 아니라 역사에 부정적으로 기록될까 보아 그게 걱정스러워 그런 거야."

"그런 생각을 가지고 계신 분이, 지금도….".

"사람이 변하는 일은 쉽지 않아. 혹자는 그를 가리켜 개과천선이라는 말을 사용하고는 하는데, 권력에 맛을 들인 사람의 경우는 절대 못 벗어나지. 실례로 사돈 어른도 그러하지만 내 동생들 모두 죽인 일을 지금도 변명으로 일관하고 있잖은가. 그런데 그런 사람과 어떻게 한 구덩이에 묻힐 수 있다는 말인가."

"대비마마의 의중은 절대 합장은 안 하시겠다는 말씀이신지요?"

대비와 왕후의 이야기를 듣고 있던 여인이 고개를 갸웃거렸다.

"그게 가당한가. 철천지원수와 죽어서도 함께한다니…. 그래서 내가 중전에게 부탁하려 하네."

"말씀만 주십시오."

"내가 주상에게도 이르겠지만, 절대로 합장은 안 되네. 그러니 같은 장소에 묘를 쓰되 자리는 달리 하라는 말이야."

왕후가 무슨 이야기인지 알겠다는 듯 고개를 끄덕거렸다.

"어머니, 어머니의 고충 이제 조금 이해되옵니다. 그런 의미에서 너무나 송구한 마음 일어납니다."

"아니야, 중전이 송구할 일이 아니지. 다만…."

"어머니, 기탄없이 말씀주세요."

"내게 가장 중요한 일인데, 무슨 일이 있더라도 양녕에게 위해를 가해서는 안 될 일이야."

"어머니, 그야 너무나 당연한 일이 아니온지요."

"중전이 볼 때는 당연한 일이지. 그러나 상왕의 입장에서 보면 또 모르지. 그 사람 언제 또 급변할지 예측 불가거든."

"아무리 그래도, 설마 자기 자식을…."

"나도 그렇게 믿고 싶다. 그러나 워낙 조변석개하는 사람이라. 전혀 정체성이 확립되어 있지 않아 어떻게 변할지 알 수 없어."

"어머니, 주상은 그런 면에서는 상왕과 정반대 성향을 지니고 있습니다. 그러니 조금도 염려 마십시오."

"그래서 그 아이가 왕이 될 수 있었지."

대비가 가볍게 한숨을 내쉬었다.

"여하튼 중전이 주상을 잘 보필해야 할 거야."

왕후의 표정이 심각하게 변해갔다.

"왜 그러느냐?"

대비의 질문에 왕후가 대답하지 못하고 천장을 바라보았

다. 대비가 이상한 표정을 지으며 여인을 바라보았다.

"중전마마, 제가 있어서 말씀하시기 곤란하신가요?"

"그게 아니라, 상왕이…."

"하기야, 지금 상왕이 눈 시퍼렇게 뜨고 주상 위에 군림하고 있으니…. 중전도 그러하지만 주상도 참으로 난감하겠구나."

"그래서 서서히 주상의 자리를 찾아야 하지 않을까 하는 생각입니다."

"진즉에 그리해야 할 일이었어. 여하튼 참으로 난감한 일이로구나. 본인이 지금도 왕이라는 착각에 빠져 살고 있으니. 그렇다고 쉽사리 죽을 인간도 아닌데."

대비가 두 여인을 바라보며 한숨을 내쉬었다.

"어머니, 방법이 없는지요?"

왕후가 간절한 표정을 지으며 대비와 여인을 번갈아 바라보았다.

"저…."

"묘안이 있으신 모양입니다."

여인이 말문을 열고 막상 주저하자 왕후의 표정이 간절했다.

"상왕 전하의 행적을 살피다 순간적으로 한 가지 생각이

대비의 유언

일어났습니다."

"어서 말해보게."

대비 역시 기다리고 있었다는 듯 말을 이었다.

"상왕께 흥밋거리를 제공하는 일이옵니다."

"흥미라면 혹시 여자…."

"그 방법이 가장 효과적일 듯합니다."

왕후가 대비를 바라보자 대비의 얼굴에서 희미한 미소가 흘러내렸다.

"어떻게 그런 생각하였는고?"

"상왕께서는 여색에 중독 들린 듯 하옵니다. 그래서…."

"자네 말을 듣고 곰곰이 생각해보니 그 방법 외에는 없어 보이네."

대비가 힘없이 한숨을 내쉬자 왕후 역시 따라서 가볍게 한숨을 내쉬었다.

"어머니, 다른 말씀은…."

왕후의 말에 대비가 무슨 생각이 일어났는지 여인을 바라보았다.

"내 두 사람에게 간곡히 부탁할 일이 있네."

"그저 말씀만하십시오."

여인이 힘을 주어 대답하자 대비가 왕후를 잡은 손을 놓고 여인의 손을 잡았다.

"내 목숨은 성녕대군의 죽음과 함께 끝나버렸네. 그런데 이 순간까지 생명줄을 놓지 못하고 있는 이유는 바로 내 어머니 때문일세. 그래서 내가 먼저 가면, 필히 내가 먼저 갈 터인데 내 어머니를 부탁하려 하네."

원경왕후의 어머니, 삼한국대부인 송 씨는 그 순간까지도 생존해 있었다. 태종에 의해 자신의 아들 넷이 모두 죽임을 당한 상태임에도 불구하고 그녀는 원경왕후와 태종이 모두 죽은 1426년에 한 많은 생을 마감한다.

"마마! 그런 나약한 말씀 마세요. 어서 자리 터시고 일어나 마마께서 보살펴드려야지요."

"그래요, 어머니. 어서 쾌차하셔야지요."

연이은 두 사람의 말에 대비가 씁쓸한 미소를 지었다.

# 반전

## 반전

 1421년 12월 마지막 날 음양이 교차되는 저녁 무렵 왕후전이 초롱에서 흘러나오는 불빛으로 서서히 물들어가고 있었다. 어느 한순간 불빛이 문풍지를 뚫고 들어오는 삭풍에 놀라 갈피를 잡지 못하고 흔들거리기 시작했다.

 "되었으니 이제 그만 자리를 물리거라."

 흔들리는 불빛을 바로잡기 위해 이리저리 초롱의 심지를 살피는 김 나인의 뒤로 소헌왕후의 낮지만 단호한 목소리가 이어졌다.

 "마마…."

 "되었다고 하지 않았느냐. 그러니 어서 물러나…."

 "중전마마, 상감마마 드시었습니다."

 왕후의 말이 채 끝나기 전에 밖에서 상궁의 목소리가 들려왔다. 왕후가 자리에서 일어나 김 나인이 살피는 초롱으로 다가갔다. 초롱의 심지가 뒤틀려 내려앉은 모습을 바라보며 가볍게 한숨을 내쉬었다.

"너마저도 내 마음을 후벼파는구나."

왕후의 독백에 김 나인이 몸 둘 바를 모른다는 듯 고개를 숙이고 몸을 꼬았다.

"네게 한 이야기 아니니 괘념치 말거라. 그러니 이만 물러 가거라."

손수 초롱의 심지를 바로 세운 왕후가 김 나인과 함께 문 가까이 다가섰다.

"모시거라."

말과 동시에 문이 열리자 안으로 들던 세종이 의아한 표정을 지으며 멈추어서 왕후와 김 나인을 번갈아 바라보았다.

"오셨으면 드시지 않고 무얼 주저하십니까."

말과 동시에 김 나인에게 눈짓을 주자 김 나인이 총총걸음으로 물러섰다. 두 사람의 시선이 물러나는 김 나인을 향했다.

"마마, 상을 들이올까요."

상궁의 말을 듣고 고개 돌려 가만히 세종의 얼굴을 바라보았다. 순간 세종의 얼굴에 은근하게 미소가 감돌았다. 왕후가 마치 그 의미를 헤아리기라도 하는 듯 가만히 미소를 보내다 입을 열었다.

"오늘이 금년 마지막 날인만큼 지난 시간도 정리해보고

또 상감께 축하드릴 일이 생겼으니 조촐하게 상을 들이도록 하게."

축하란 대목에 힘을 주어 대답한 왕후가 막 입을 열려는 세종의 팔을 잡아 이끌어 자리에 앉을 것을 권유했다.

"느닷없이 축하라니…."

세종이 왕후의 권유에도 불구하고 어정쩡한 자세를 유지하며 말도 채 마치지 못하고 방 안에서 그 답을 찾기라도 하듯 곳곳으로 시선을 주었다. 왕후가 살며시 미소 지으며 곁으로 바짝 다가섰다.

"당연히 축하해야지요. 그러니 어서 자리하세요."

왕후의 미소 짓는 모습을 확인한 세종이 가볍게 고개를 저으며 자리 잡았다. 자리에 앉은 세종의 얼굴을 바라보며 잠시 생각에 잠겨 들었던 왕후가 두 사람 사이에 상 하나 들어갈 공간을 남겨두고 그 앞에 자리 잡았다.

"주상, 소띠 해를 마감하는 심정이 어떠신지요?"

"축하할 일이 있다더니 느닷없이 무슨 말이오?"

"올해가 신축년으로 소띠 해가 아닌지요. 주상 역시 정축년(1397년) 소띠 해에 태어났으니 그 감회가 남다르지 않겠습니까?"

왕후의 질문에 세종이 가볍게 신음을 내질렀다. 금년이 시작되던 날 세종이 왕후에게 '올해는 내 해인만큼 소처럼 우직하게 내 갈 길 찾아가겠다'고 호언장담했던 말이 순간적으로 떠올랐던 모양이다.

"그건 그렇고 축하할 일이라니요?"

세종이 답변이 궁했는지 잠시 초롱을 바라보다 왕후의 얼굴로 시선을 돌렸다.

"먼저 제 질문에 답을 주셔야 도리 아닌가요?"

왕후가 '도리'란 단어에 힘을 주었다. 세종이 그 억양에 주눅 들었는지 다시 가볍게 신음을 내질렀다. 이어 잠시 동안 침묵이 이어졌다. 순간 그 침묵을 방해라도 하듯 상궁의 목소리와 함께 상이 들어왔다.

"제가 한잔 올리겠습니다."

상을 정리한 후 상궁이 물러가자 왕후가 방금 전 상황을 스스로 종료한다는 듯 미소를 머금고 호리병을 들었다. 세종 역시 그 순간을 기다리고 있었다는 듯 표정을 부드럽게 하고 급히 잔을 들었다. 왕후가 병을 기울이자 도자기 잔에 술 떨어지는 소리가 청아하게 울려 퍼졌다.

"오늘은 세자를 데리고 신궁(수강궁, 현 창경궁 자리)에 가서 태상왕께 문안드리고 온 것으로 알고 있습니다만."

태종 이방원은 세종에게 보위를 물려주고 상왕으로 물러났으나 1421년 9월 12일 아들 세종에 의해 태상왕으로 존숭되었다. 아울러 세종의 큰아들 이향(후일 문종)은 나이 여섯인 동년 10월 27일 왕세자로 책봉되었다.

잔을 비운 세종의 표정이 다시 어두워졌다.

"날이 날인지라, 그리고 아버지께서 세자를 반드시 보아야겠다 해서 함께 다녀왔소."

"태상왕께서 우리 세자를 어찌 대하던가요?"

"할아버지로서 당연히 귀히 여기지 않으시겠소. 그런데 그 빤한 일은 무엇 때문에 묻는가요?"

"그저 궁금하여 아무 의미 없이 물어보았습니다."

"정말이오. 혹시 다른 뜻이 있어 그런 거 아니오?"

"다른 뜻이라니요. 그저 아직도 어린 우리 세자를 태상왕께서 탐탁하게 생각하시는가 여쭈어 본 것이라오."

"부인, 혹시 양녕 형님의 일로 그리 걱정하는 게 아니오?"

"무슨 말씀을 그리하세요. 우리 세자는 양녕대군과는 비교할 수 없지요."

"그야 당연하지요. 그러니 조금도 걱정하지 마시오. 여하튼 중전도 한잔 하지 않겠소?"

잠시 사이를 두었던 세종이 빈 잔을 왕후에게 건넸다. 왕후가 빈 잔과 세종의 얼굴을 번갈아 바라보다 세종이 건넨 잔을 들었다. 왕후의 빈 잔을 채우는 세종의 손이 가볍게 떨렸다.

"중전이 특별히 하고 싶은 말이 있는 모양인데 바로 말해주시오."

"그러지요,"

짧게 답한 왕후가 술잔을 들어 마시는 시늉만 하고 다시 잔을 내려놓았다. 세종의 시선이 왕후의 행동 하나하나를 놓치지 않겠다는 듯이 꿰뚫고 있었다.

"주상께 새로운 동생이 생길 모양입니다."

"뭐라….'

노심초사 고대하며 왕후의 말문이 열리기를 기다렸는데 전혀 이외의 말이 나왔는지 세종의 표정이 경악스럽다는 듯 변해가더니 이내 허탈한 듯 한숨을 내쉬었다.

"숙선옹주(후일 선빈 안씨)가 회임하였다고 합니다."

"숙선옹주가, 회임을!"

이번에는 단지 경악스럽다는 반응만 보였다.

"그러니 당연히 축하드려야 하고 말고요."

세종의 표정과는 달리 왕후의 얼굴에는 잔잔한 미소가 흘러내렸다.

숙선옹주는 본관은 순흥이다. 검교 한성윤 안의의 딸로 궁인으로 입궁하였다가 태종의 후궁이 되었으며, 1421년(세종 3년)에 숙선옹주(淑善翁主)에 봉해지고 그 아버지는 판한성부사직을 제수받았다. 태종은 당시 그녀와의 사이에 경신옹주와 소속옹주의 두 딸을 두고 있었다. 이어 1872년(고종 9년)에 정1품 선빈(善嬪)으로 추증되었다.

"왜요, 기쁘지 않으십니까?"
"당연히 기뻐할 일이지만…. 조금은 당혹스러워 그렇소."
"그 무슨 말씀이십니까. 태상왕께서 자식을 잉태하셨는데 아들로서 당연히 축하할 일이 아닌가요?"

잠시 생각에 잠겨들었던 세종이 왕후 앞에 놓여 있는, 왕후가 마시는 시늉만 냈던 잔을 들어 단숨에 비워냈다. 이어 짧지 않은 여운을 남겼다. 이번에는 왕후가 세종의 행동 하나하나를 놓치지 않겠다는 듯 유심히 바라보았다.

그를 의식했는지 세종이 고개 돌려 초롱불을 이어 천장으로 시선을 주고는 다시 가볍게 한숨을 내쉬었다.

"오늘은 주상과 함께 시어머니께서 돌아가시기 전에 남긴 말씀에 대해 논해보려 합니다."

"어머니의 유언이라고요?"

"유언을 떠나서 저는 작금의 이 상황 이해하기 힘듭니다."

세종이 왕후를 그저 멀뚱히 바라보며 곤혹스런 표정을 지었다. 그를 살피며 왕후가 젓가락으로 안주를 챙겨 세종에게 건넸다. 얼떨결에 받은 안주를 먹는 세종을 바라보며 다시 병을 들어 방금 세종이 비워낸 빈 잔에 술을 따랐다.

"대비께서, 시어머니께서 승하하신 지 얼마나 되셨다고. 1년도 되지 않은 시점에 봉작은 무엇이고 또 그새를 참지 못해 자식을 회임하다니…."

왕후가 말하다 말고 길게 한숨을 내쉬었다. 그 모습을 바라보던 세종이 잠시 입놀림을 멈추고 다시 천장으로 시선을 주었다.

"주상이라면 그렇게 행동할 수 있겠어요?"

"무슨 말을 그리…. 내가 중전을 얼마나…."

전혀 예상치 못한 질문을 받았는지 세종이 말하다 급하게 얼버무렸다.

"마저 말씀하셔야지요. 얼마나 뭐입니까?"

"굳이 말을 하지 않아도 내가 중전을 무척 생각한다는 사실 잘 알고 있지 않소."

"그러면 태상왕은 작고하신 대비마마를 하찮게 여기셨던 게 아닌지요."

"중전, 어찌 그리 말할 수 있소!"

세종이 순간적으로 목소리를 높였다. 왕후가 잠시 호흡을 고르고 세종에게 따랐던 술잔을 집어 들어 천천히 기울였다. 그 모습에 세종이 상당히 당혹스런 듯한 표정을 지으며 그저 바라보기만 했다.

"주상, 차근히 생각해보세요."

왕후가 잔을 비우고 세종을 직시했다.

"무엇을 말이오?"

"지금의 모든 상황 말입니다. 지금 이 조정이 제대로 흘러가고 있는지 심사숙고해 보시라는 이야기입니다."

왕후가 안주도 먹지 않고 세종에게 잔을 건네고 술을 따랐다. 다시 세종의 표정이 곤혹스럽게 변하고 있었다.

"어머니께서 간곡하게 권하라 하였습니다. 어느 시점에 주상이 온전히 자리를 차지할지는 몰라도 더 이상 상왕께 끌려가다가는 주상의 시대는 영영 오지 않을 거라고 말입니다."
"그렇다고…."
세종이 미처 말을 맺지 못했다. 순간 두 사람 사이에 긴장감이 감돌기 시작했다.

# 태상왕과 두 과부

## 태상왕과 두 과부

"사돈, 번거롭게 해서 송구합니다."

정월 신년하례를 구실로 궁궐에 들어온 여인, 대비를 모시다 대비 사후 대비의 어머니인 송 씨를 모시고 있는 이 씨(후일 신순궁주)가 방에 자리 잡자마자 왕후가 담담한 표정을 지었다.

"번거롭다니요. 당연히 제가 찾아뵈어야지요. 그런데 무슨 일로…."

"일전에 주신 훌륭한 계획을 실행에 옮겨보려 합니다."

"무슨 말씀이신지요?"

여인의 눈이 동그랗게 변해갔다.

"태상왕의 주의를 돌리는 방안을 말씀하시지 않았습니까?"

잠시 생각에 잠겨들었던 여인이 송구하다는 표정을 지었다.

"그저 허접한 생각이었을 뿐입니다."

"아닙니다. 이 조선을 위해 그리고 주상의 앞날과 저에게 비책이 될 수 있다 판단하였습니다."

"그러면 주상 전하께서도…."

순간 며칠 전 세종과 함께 했던 일이 떠올랐다.

"중전, 혹시 무슨 계획이라도 있는가요?"

왕후가 그저 웃기만 했다.

"왜 그러오?"

"내게 계획이 있는 게 아니라 어머니께서 생전에 그 방법을 일러주셨어요."

엄밀히 이야기하면 대비가 아닌 여인(신순궁주)의 생각이었다.

"어머니께서 말이오!"

세종의 눈이 동그랗게 변해갔다.

"태상왕 전하를 가장 잘 알고 있는 분이 어머니 아니십니까?"

"그야 물론이지요. 그래 뭐라 일러주셨습니까?"

"태상왕 전하께 여인들을 들이라는 말씀을 주셨습니다."

"지금도 그 수를 헤아리기 힘들 정도…."

세종이 민망한지 채 말을 끝맺지 못했다.

"그런데요?"

"아버지께서 차마 또…. 연세도 있고 그런데 후궁을 취하실까요?"

"태상왕 전하께 나이가 무슨 상관인지요?"

세종이 대답 대신 가볍게 한숨을 내쉬었다.

"여하튼 무슨 명분으로 여인을 들이려 합니까?"

"얼마 전에 태상왕이 숙공궁주를 사가로 돌려보내지 않았습니까?"

숙공궁주 김 씨는 평안도 관찰사를 지낸 김점의 딸로 1411년 명빈 김 씨, 소빈 노 씨와 함께 후궁이 되었던 여인이다. 그런데 그 전해인 1421년에 아버지인 김점이 평안도 관찰사로 있을 때 뇌물을 받아 챙기고, 이를 통하여 부를 축적하였다는 상소가 올라오자 이방원은 사건을 공정하게 판단하겠다는 명분으로 그녀를 친정으로 돌려보냈다.

"그런 일이 있었지요. 그렇다면 그 일을 빌미로…."

"그녀를 대신하여 새로이 후궁을 들이려 합니다."

세종이 의미심장한 표정을 지으며 후궁을 되뇌었다.

"결국…."

"그래요, 태상왕의 관심을 돌리는 데에는 그저 여인밖에 없다는 생각입니다."

"부인이 생각해둔 여인이 있소?"

"그 부분은 제게 전적으로 일임하여 주기 바랍니다."

왕후가 힘주어 이야기하자 세종의 표정이 아리송하게 변해갔다.

"물론 처음에는 난색을 표했습니다만, 결국 그 일이 이 나라를 위한다는 사실을 깨닫고 제 의견을 받아들이기로 하였습니다. 그래서 이참에 곧바로 그 일을 실행에 옮기려 합니다."

"그런데 왜 저를…."

여인의 눈동자에 의심이 가득 묻어나오고 있었다.

"바로 말하겠습니다. 사돈을 태상왕전으로 들이려 합니다."

"네!"

여인이 차마 믿기지 않는지 절로 목소리가 올라갔다. 그와는 달리 왕후가 은근하게 미소를 보내고 있었다.

"마마, 제 경우 과부…."

"태상왕은요?"

되묻는 왕후의 표정이 의미심장하게 변했다.

"태상왕 전하께서도 엄밀하게 따지면 홀아비…."

"옛말에도 있지 않은가요. 홀아비 마음 과부가 알아준다고."

왕후가 미소지으며 말을 건네자 여인의 표정이 곤혹스럽게 변해갔다.

"그래도 상대는 태상왕 전하이신데…."

"그러기에 더욱 문제가 되지 않지요. 그리고 주상도 그러하지만 태상왕 전하께서도 기꺼이 수긍하시겠노라고 하셨습니다."

여인이 그저 멀뚱하게 왕후를 바라보았다.

"여색에 관한 일입니다. 아울러 태상왕의 전력을 생각해보세요. 태상왕이 이것저것 조건 따지고 여인을 취하던가요?"

이방원의 경우 원경왕후의 몸종을 비롯하여 시녀, 창기 등 조건을 따지지 않고 자신의 눈에 띄는 모든 여자를 취했다고 해도 과언이 아닐 정도로 여자에 탐닉했다.

"그거야 그렇지만 제 경우 아버지는 아직도 성주에서 귀양살이 하고 있는 죄인인데…."

여인의 표정이 어둡게 변해갔다.

"그 사안은 조금도 걱정하지 마세요. 이제는 죄인이 아니니까요. 주상이 곧바로 어명을 내릴 것입니다."

"너무나 감사할 일입니다만…."

여인이 고개 숙이자 왕후가 미소지으며 여인의 몸을 찬찬히 훑어보았다. 비록 33세의 과부지만 아이를 낳아보지 않아서 그런지 처녀의 몸과 진배 없었고 더하여 모름지기 남자라면 그 누구도 마다하지 않을 정도로 몸 전체에서 색기가 철철 넘쳐흐르고 있었다.

또한 대비 생전에 그녀에 대해 전해 들었었다. 작고한 남편의 사인은 그녀와 성관계 중 발생했던 복상사였다고. 그녀의 색기에 중독되어 그녀의 치마폭에서 헤어나오지 못하고 결국 그로 인해 명을 단축하게 되었다고.

"사돈, 내가 부탁드립니다."

왕후가 간곡한 표정을 지으며 말을 건네자 여인이 자리에서 일어났다. 이어 다소곳하게 왕후에게 절을 올렸다.

"이 몸 마마께 소용이 된다면 한치의 망설임 없이 따르렵니다. 하지만 대비마마의 어머니께서…."

"고맙습니다, 사돈. 그리고 어머니의 친정어머니 일은 제가 따로 손을 쓰도록 할 것입니다. 그러니 조금도 걱정하지 마세요."

왕후가 급하게 몸을 숙여 여인의 손을 잡았다.

"중전마마, 이운로의 여식이 찾아왔습니다."

여인과 다시 자리하자 상궁의 목소리가 들려오고 문이 열리며 한 여인과 다과상이 들어왔다. 왕후와 여인의 시선이 들어서는 여인에게 향했다.

"중전마마를 뵈옵니다."

다과상을 들여온 상궁이 물러서기 무섭게 여인이 왕후에게 절을 올렸다. 왕후 역시 자리에 앉은 상태에서 가볍게 고개 숙여 예를 표했다. 두 사람이 온전히 자리하자 여인(신순궁주)이 두 사람을 번갈아 바라보았다.

"서로 인사 나누시지요. 이분은 저와는 개인적으로 사돈 관계로 이직 대감의 딸입니다. 그리고 이분은 판제용감사(제용감의 으뜸 벼슬로 정3품)를 지내신 이운로 대감의 여식으로 이미 이야기가 끝났습니다. 아참, 그리고 두 분이 동갑이지요."

왕후의 말이 끝나자 두 사람이 서로 상견의 예를 나누었다.

"그렇다면 혹시…."

여인(신순궁주)이 조심스럽게 입을 열자 여인(후일 혜순궁주)이 슬그머니 미소를 보이며 고개를 끄덕였다.

"맞습니다. 두 분이 나이도 동갑이지만 동일한 사정을 지니고 있습니다."

왕후가 대신 나서며 다과를 권하자 이어 세 사람의 얼굴에 미소가 감돌았다.

"마마, 궁금해서 그런데, 태상왕께서 아무리 여색을 밝힌다 해도 우리 두 사람을 어찌 감당하실지…."

혜순궁주가 이미 신순궁주의 전적을 알고 있다는 듯 잔뜩 호기심 어린 표정을 지으며 신순궁주를 바라보았다.

"두 분이 끝이 아닙니다."

"네!"

두 사람이 동시에 목소리를 높였다.

"두 분이 태상왕전에 자리 잡을 때쯤 정식 가례를 통해 여인들을 다시 들여보내려 하고 있습니다."

"곧바로 말인가요?"

"지금 물색 중이고, 얼추 마무리되어가고 있으니 차질은 없을 겁니다."

"물색 중이라 하셨는데 그와 관련하여 귀띔을 주실 수 없는지요."

신순궁주가 침묵을 지키는 사이 혜순궁주가 왕후의 진심을 헤아리고 있었다.

"지금 상호군 조뇌의 딸(후일 의정궁주 조 씨)을 포함하여 세 명의 여자를 준비 중에 있습니다."

"혹시 그 여자들도 과부…."
"아닙니다. 세 사람은 모두 처녀들입니다."
"태상왕께서는 말년에 여복이 터졌습니다."
"이번에 끝을 보아야지요."
왕후의 얼굴이 순간적으로 경직되었다.

 의정궁주 조씨는 1422년 2월 소헌왕후가 다른 두 여인과 함께 간택을 통해 태상왕의 후궁으로 들이길 청하는데 처음에는 이방원이 자신이 늙었다는 이유로 고사한다. 그러나 소헌왕후가 재차 간택을 청하자 의정궁주만 들이라 물러선다. 그러나 태종은 그녀를 궁에 들이지 않은 채 1422년 5월에 사망하게 된다.
 이에 직면하자 세종은 조 씨를 책봉할 때 정식 가례색을 통해 입궁하였지만 빈이 못되었고 빈보다 아래인 잉첩으로 취급하여 궁주의 작위를 내린다. 이후 그녀는 재가도 못하고 홀로 지내다 1454년(단종 2년) 2월 7일 사망한다.

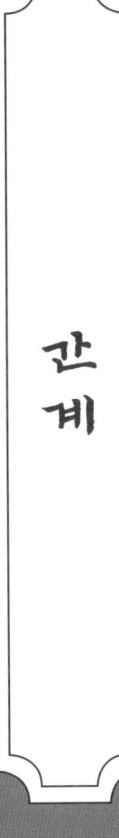

간계

## 간계


"중전, 아버지께서 위독하신데 한번 가서 뵈어야 하지 않겠소?"

저녁 무렵 왕후가 홀로 쉬고 있는 중에 세종이 예고도 없이 찾아들었다. 들어선 세종의 얼굴이 상기되어 있었다.

"그게 무슨 말씀이십니까. 들리는 바에 의하면 바로 며칠 전에도 주상과 함께 동교로 나가서 매사냥 구경하고 돌아왔다고 하던데요."

"그 말은 맞소. 그런데 갑자기 건강이 악화되고 있다 하오."

"무슨 이유로 그리 건강하시던 분이 그 지경에 이르렀나요?"

"어의들 말로는…."

세종이 차마 다음 말을 잇지 못했다. 그를 살피며 왕후가 자리를 권하자 세종이 자리 잡고 그 앞에 왕후 역시 자리 잡았다.

"혹시 지나치게 여색을 밝혀서 그런 게 아닌가요?"

"어의들 이야기로는 그렇다고들 합디다."

말을 마친 세종의 표정에 의구심이 들어차기 시작했다.

"그 표정은 무슨 의미인가요?"

"공교롭게도 중전이 두 여인을 들인 이후 그런 일이 발생했는지…."

"그 두 여인은 태상왕의 말동무나 되어주라고 들였는데, 설마 태상왕께서 나이도 잊고 과부들까지 밤일에 끌어들이셨을라고요."

"중전이 일전에 이야기하지 않았소. 나이는 상관없다고, 그저…."

"그저 뭐란 말입니까?"

"아버지께서 워낙에 여인들을 좋아하셔서. 그리고 들리는 바에 의하면 아버지께서 두 여인을 가까이하신다고 합니다."

"물론 가까이한다는 이야기는 저도 들어서 알고 있습니다. 그런데 그 이유를 헤아려보니 말동무로서의 역할에 치중하고 있다 합니다. 그런 연유로 두 여인이 동시에 자리를 함께 하고 말입니다."

왕후의 말에 세종이 잠시 침묵을 지켰다.

"곰곰이 생각해보니 중전의 말이 일리 있어 보입니다. 이

전에 중전이 가례색을 통해 들이려고 했던 여인들을 나이 탓으로 돌리며 내치신 일을 보니 반드시 혜순궁주와 신순궁주 때문은 아닌 모양이오."

왕후가 세종의 얼굴을 근심스런 표정을 지으며 바라보았다. 순간 며칠 전 만났던 신순궁주와의 일이 떠올랐다.

"그 누구도 의심하는 사람들은 없겠지요?"
"당연합니다. 오히려 태상왕 곁을 한시도 떠나지 않고 있는 신녕궁주(신빈 신씨)와 의빈 권씨(정의궁주)가 반기고 있을 정도입니다."

신녕궁주는 검교 공조 참의 신영귀의 딸로 원경왕후를 모시는 궁녀 출신으로 태종의 눈에 띄어 후궁이 되었다. 슬하에 함녕군 이인, 온녕군 이정을 비롯해 7명의 옹주를 낳아 태종의 총애를 받아 당대에 상당한 권세를 누렸으며 원경왕후 사후 내명부를 총괄하게 된다. 이어 고종 시절 신빈으로 추증되었다.

의빈 권씨는 성균악정 권홍(權弘)의 딸로 1401년(태종 1) 원경왕후가 태종이 가까이한 궁인을 나무라자 태종은 원경왕후에 대한 보복 차원에서 권 씨(당시는 정의 궁주)를 후궁으로 들인다. 그리고 태종이 사망하기 직전 의빈으로 봉작되었다.

"그래, 뭔가 변화는 보이지 않던가요?"

"간혹 속이 거북하다고는 하지만 그 모든 것이 매일 고기를 섭취해서 그런 것이라 판단하고 있습니다."

왕후가 태상왕전으로 들어가는 궁주에게 주문했었다. 태상왕에게 항상 찹쌀밥을 제공하라고. 찹쌀밥이 정상인들에게는 소화가 잘 되지만 정력 보충을 위해 매 끼니를 고기와 기름진 음식을 먹어 소갈증(당뇨) 증상을 지니고 있는 태상왕에게는 그야말로 쥐약이라는 말을 대비로부터 들었던 터였다.

생전에 대비가 태상왕이 저주스럽도록 미워서, 도저히 한 하늘 아래 함께할 수 없다는 생각으로 방법을 찾는 중에 용하다는 점쟁이로부터 그를 전해들었지만 차마 그를 실행할 수 없었다고 했다.

다행스럽게도 그런 사실을 알고 있는 사람은 없어 보였다. 심지어 어의들도 찹쌀밥이 그저 나이 든 사람들에게 소화도 용이하여 건강에도 오히려 좋다고만 알고 전혀 문제 제기를 하지 않는다고 했다.

"밤일은 어찌하고 있습니까?"

"태상왕께서 왜 어린 여인 조 씨(후일 의정궁주)를 거부하셨는지 그 이유를 아십니까?"

궁주가 말해놓고 쑥스러운지 얼굴색이 발갛게 물들었다.

"그러면 혹시…."

"저희 둘도 감당하기 힘들어서 그런 거지요."

"하기야…."

왕후가 가만히 궁주의 몸을 살펴보았다. 전과는 상당히 달라보였다. 전에는 그저 조신한 듯 보였지만 지금은 마치 살아 움직이듯 생동감이 넘쳐보였다.

"너무 무안합니다."

왕후의 눈빛의 의미를 눈치챘는지 궁주가 슬그머니 고개 돌렸다.

"무안할 일이 아니지요. 궁주께서는 태상왕과 그 일을 하고 싶겠어요. 오히려 제가 송구스럽지요."

"여하튼 태상왕은 저희 둘을 상대하기 위해 그 어느 때보다도 빈번하게 고기와 기름진 음식을 섭취하여 정력을 보충하고 있는 실정입니다."

"우리가 원하던 대로 일이 진행되고 있다니 천만 다행입니다."

궁주가 슬그머니 대화를 바꾸어 나갔다. 그 의미를 알아챈 왕후가 역시 그녀에게 보조를 맞추어주었다.

"다른 지시사항은 없는지요?"

"지시사항이라니요. 그저 고마울 뿐입니다. 지금도 고생하고 계신데, 설령 있더라도 더 이상 부탁드리지 않을 것입니다. 여하튼 지금처럼만 상태를 지속한다면 조만간에 그 결실이 이루어질 일입니다."

왕후의 당부에 궁주가 묘한 표정을 지었다.


"주상께서 보기에 상태가 어떤지요. 호전될 기미는 보이지 않는가요?"

"잠시 전에도 이야기했지만 지금까지 혈기왕성하게 지내셨었는데 갑자기 저러시니 나로서도 알 길 없소."

"어의들은 뭐라 하나요?"

"어의들도 정확하게 진단하지 못하고 있소. 워낙에 건강하셨던 분이니 말이오."

"전혀 짐작도 못하던가요?"

"그러니 답답할 뿐입니다."

정말로 답답한지 세종이 천장이 무너져 내려라 한숨을 내쉬었다.

"주안상을 올리라 할까요?"

"아버지께서 위독하신데 내 어찌 편하게 술을 마실 수 있겠소."

"근심을 잊으라는 이야기지요. 여하튼 주상은 천하에 효자입니다, 효자."

세종이 효자를 되뇌며 실없이 미소를 흘렸다.

"무슨 의미인가요?"

"중전의 효자라는 소리가 아무런 의미가 없다 생각 들어 그렇소. 아버지가 위독한데 내가 할 수 있는 일은 아무것도 없다 생각하니 그런 생각 일어났다오."

세종이 가볍게 한숨을 내쉬자 왕후가 애처롭다는 듯 가벼이 혀를 찼다.

"중전은 왜 그러시오?"

"문득 시아버지와 시어머니 사이에서 그동안 주상의 마음고생이 얼마나 심했을까 하는 생각이 일어나 그렇습니다."

"중전이 그렇게 말해주니 마음이 한결 가볍소."

"아울러 시어머니께서는 어떠셨을까 하는 생각 일어납니다."

"왜 갑자기 어머니 이야기는…."

어머니 원경왕후의 일을 거론하자 세종의 표정이 굳어졌다.

"주상, 혹시 시아버지를 거쳐간 여인들 즉 실질적인 후궁이 몇인지 알고 있습니까?"

"내가 어찌…."

대답하기 난감한지 세종의 눈이 동그랗게 변해갔다.

"내가 알고 있는 여인만 열일곱입니다. 열일곱."

세종이 한숨을 내쉬며 열일곱을 되뇌었다.

# 조선, 첫 단추를 잘못 꿰다

# 조선, 첫 단추를 잘못 꿰다

"마마, 정말 걸어가시겠사옵니까?"

"내 그런다고 하지 않았느냐."

잠시 호전되는 듯한 기미를 보였던 태상왕이 연화방 신궁으로 옮긴 순간 유명을 달리했다. 그 소식을 접하자 왕후가 소복으로 갈아입고 김 나인에게 길 나설 차비를 하라 지시했다.

"여기서 가자면 그리 가까운 길이 아닌….”

그렇다고 멀지도 않았다. 그러나 왕후가 걸어서 간다고 하니 지레 걱정이 앞섰던 모양으로 슬그머니 말을 흐렸다.

"내 서두르고 싶지 않아. 그렇게 알고 천천히 걸어가자꾸나."

태상왕이 결국 유명을 달리했다는 전갈을 받는 순간 이상하게도 마음이 차분하게 내려 앉았다. 그동안 태상왕이 하루빨리 세상을 달리했으면 하고 간절히 원했는데 막상 그런 일이 일어나자 심지어 허탈하다는 생각까지 일어났다.

그 이유가 무엇인지 헤아려 보았다. 그러다가 문득 애증이란 단어가 떠올랐다. 이어 실소를 터트렸다. 태상왕과 관련해서는 오로지 미움만이 존재했던 터였다. 결국 미움의 대상이 더 이상 같은 공간에 존재하지 않는다는 이유에서 발현된 안도감 때문이라는 생각에 도달하게 된다.

"그래도…."

"번거롭게 하지 말고 너와 둘이서 길을 나서자꾸나."

왕후가 김 나인의 반응을 무시하고 방을 나서자 내명부의 모든 궁인들이 길 나설 차비를 하고 기다리고 있었다. 왕후가 그 모습을 보고 이마를 살짝 찡그렸다.

"다른 궁인들은 모두 이곳에 머물라고 하거라."

"마마, 어찌…."

"내가 걱정되어 그러는 모양인데 괘념치 말거라. 어차피 지금쯤이면 이곳에서 연화방 신궁까지 포졸들이 삼엄하게 경계를 펼치고 있을 거야."

"마마, 그래도…."

"지금 네 나이 어떻게 되느냐?"

왕후가 뜬금없는 질문을 던지자 김 나인이 시선을 주변으로 돌렸다. 대기하고 있던 많은 궁인들이 두 사람의 대화를 들었는지 걱정스런 표정을 짓고 있었다.

"네 나이를 물어보지 않았느냐."

"지금 열일곱이옵니다."

재차에 걸쳐 질문이 이어지자 김 나인으로부터 즉각 대답이 흘러나왔다.

"너를 바라보면 자꾸 시어머니 생각이 나는구나."

"작고하신 대비마마를 말씀하시는 건가요?"

"그러면, 그분 말고 내 시어머니가 따로 있느냐?"

"그건 아니옵니다."

왕후가 농담조로 말을 건네자 김 나인이 화들짝 놀라며 즉각 반응했다.

"대비께서 내게 너를 추천한 일은 잊지 않고 있겠지?"

"당연하옵니다, 마마."

"너는 왜 대비께서 너를 내게 보내주었는지 알고 있느냐?"

"저는…."

김 나인이 차마 대답하지 못하고 있었다.

"대비께서 너의 본성을 보신 거야, 본성."

"본성이라니요?"

"너의 착한 심성 말이야."

김 나인과 가볍게 대화를 나누며 궁궐 문을 나서자 곳곳에 칼과 창을 든 포졸들이 삼엄하게 경계를 펼치고 있었다.

"사람이란 항상 한 치 앞을 보아야 하느니라."

"마마, 무슨 말씀이시온지요?"

"너는 궁에서 나오기 전에 내 안위에 대해 지레 겁을 먹지 않았느냐. 그런데 지금도 그러하느냐?"

"아니옵니다. 제 생각이 짧았습니다."

왕후가 김 나인에게 고개를 돌렸다. 얼굴에 미세하게 당혹스런 표정이 들어차고 있었다.

"너는 주상을 어떻게 생각하느냐?"

"네!"

김 나인이 목소리에 더하여 눈까지 동그랗게 변화되었다.

"주상을 어떻게 생각하고 있느냐니까?"

"모든 백성의 어버이…."

김 나인이 이번에도 말을 끝까지 잇지 못하고 안절부절못하고 있었다.

"너무 어려워 말거라. 내 멀지 않은 시기에 너를 후궁으로 맞이할 테니."

"네!"

김 나인이 외마디 소리와 함께 가던 걸음을 멈추었다.

"왜 그러느냐?"

"마마, 소녀를 너무 놀리시는 게….."

"감히 무엄하게 왕후의 말을 농으로 받아들이는 게냐."

"절대 아니옵니다, 마마. 저처럼 천한 것이 어찌….."

"내게는 귀하고 천함이 아니라 네가 지니고 있는 진솔한 본질만이 보이는구나."

김 나인, 후일 세종의 승은을 입고 정2품 소의를 거쳐 종1품 귀인에 진봉되고 이어 정 1품인 신빈(慎嬪)에 책봉된다. 그녀는 생전에 계양군을 포함 6남 2녀를 낳을 정도로 세종의 총애를 받았고 소헌왕후 역시 그녀에게 아들 영응대군을 맡길 정도로 총애했다. 그녀는 세종이 죽자 불가에 귀의하며 한평생을 마감한다.

"그러니 내게만 신경쓰지 말고 앞으로는 티 나지 않게 내명부가 돌아가는 형국을 상세하게 살피도록 하거라."

"마마, 제게 어찌….."

"너를 볼 때마다 자꾸 시어머니 생각이 나는구나."

김 나인의 반응에는 아랑곳하지 않고 왕후가 시선을 저 멀리로 던지고 있었다. 연화방 신궁이 시선에 들어오고 있다는 착각에 빠져들었다.

"어머니, 이렇게 허무하게 가시면 아니 되옵니다!"

생의 막바지를 향하던 대비가 그날 밤을 넘기기 힘들다는 전갈을 받고 왕후가 저녁 무렵에 수강궁에 도착하자 대비의 호흡이 심하게 흔들리고 있었다. 호흡뿐만 아니라 이미 저세상의 경계에 다다른 듯 눈이 굳게 잠겨 있었다.

"어머니!"

왕후가 오열과 함께 대비의 상체를 잡고 흔들자 간절하게 부르는 소리를 들었는지 대비의 눈이 천천히 떠지고 있었다.

"어머니, 저예요. 어서 정신차리시고 일어나셔야지요!"

대비가 힘들게 눈을 깜박이며 왕후를 바라보았다.

"어머니, 저예요. 알아보시겠어요!"

"내… 불쌍한… 며느리… 너를 두고… 내 어찌 눈을… 감을꼬."

대비가 그 순간까지 아끼고 남겨놓은 힘을 모두 소진하기라도 하듯 힘들게 입을 열었다.

"눈을 감다니요. 어서 일어나셔야지요."

왕후의 재촉에 대비의 말이 띄엄띄엄 이어지고 있었다.

"당연히 그리해야 할 일이건만, 아버지와 동생들이 자꾸 나를 부르고 있어. 이제 그만 아버지와 동생들과 함께해야 할 듯하네."

대비의 눈에 헛것이 보이는 모양이었다.

"어머니, 정신 차리세요!"

오열과 함께 왕후의 다그침에 대비가 힘들게 생의 마지막 말을 토해내기 시작했다.

'지금 와서 돌이켜 생각해보면 자신의 남편 이방원을 왕으로 만든 일이 저주스러울 정도로 후회된다고 했다. 아울러 앞으로 이 나라는 태상왕이 보인 본보기의 굴레에서 절대 벗어나지 못할 거라고 했다.

그와 관련하여 왕후가 그 굴레를 벗어나도록 혼신의 힘을 기울이겠다고 전하자 대비께서 단호하게 말했다. 이 조선은 첫 단추를 잘못 꿰었고 그로 인해 이 씨들이 왕으로 군림하는 동안에는 절대 그 상태에서 벗어날 수 없다고.'

힘들게 말을 마친 대비가 눈을 뜬 채 기나긴 잠 속으로 빠져들어 다시는 입을 열지 않았다. 그 모습을 바라보며 왕후가 천천히 눈을 감기기 시작했다. 눈을 감기는데 방금 전 대비께서 남긴 마지막 말이 자꾸 뇌리를 휘감았다.

'조선은 첫 단추를 잘못 꿰었고 그로 인해 이 씨들이 왕으로 군림하는 동안에는 절대 그 상태에서 벗어날 수 없다.'

이상하게도 마음이 평안해지기 시작했다. 전혀 그럴 이유가 없음에도 불구하고 방금 전까지 오장육부를 후벼팔 정도의 슬픔이 흔적도 없이 사라지고 있었다.

생각에 잠겨들었던 왕후가 걸음을 멈추고 가볍게 치를 떨었다.

"마마, 어디 불편하신지요?"

김 나인이 걱정스런 표정을 지으며 왕후를 바라보았다.

"아니다, 잠시 돌아가신 대비마마 생각을 하였어. 문득 대비마마가 그리워서 말이야."

김 나인의 얼굴이 순간적으로 침울하게 변해갔다.

"왜, 너도 대비마마가 보고 싶니?"

빤한 질문을 한다 싶은 생각을 한 왕후가 저만치에 모습을 드러내고 있는 연화방 신궁을 바라보았다.

"내가 너무 빤한 걸 물어보았구나. 그런데 대비마마께서 돌아가시기 전에 내게 무슨 말을 주셨는지 아니?"

김 나인이 대답 대신 눈을 동그랗게 뜨고 왕후를 주시했다.

"대비께서 그러시더구나. 이 나라는 첫 단추를 잘못 꿰었고 그로 인해 미래를 설계하지 못할 거라고."

# 역할 분담

# 역할 분담

"주상, 지금 의정부와 육조에서 양녕대군을 지방으로 내려보내라는 의견들이 분분하다 하는데 어쩌실 작정인가요?"

태상왕의 병세가 위독해지자 광주에 머물던 양녕대군이 궁궐로 들어 병시중을 수발했다. 그런데 태상왕이 사망하고 염습을 하고 빈소를 차리고 성복한 지 열흘이 지났는데 아직도 궁중에 머무르고 있으니 당장 광주로 내려보내라는 상소가 빗발치고 있었다.

"그럴 수는 없는 노릇이지요. 내 형님인데."

"물론 그러하지요."

"왜 그러오, 중전?"

왕후가 말꼬리를 내리자 세종이 의아한 표정을 지었다.

"금번에 태상왕 전하 초상을 치르며 많은 생각하였습니다."

세종이 가만히 왕후의 얼굴을 주시했다.

"주상과 태상왕을 비교해 보세요."

"무슨 의미요?"

"태상왕은 어린 시절 여진족들과 함께 자라면서 원나라와 고려의 눈치를 보며 성장하여 정체성에 문제가 있었지만 주상은 온전히 조선에서 태어나고 자란 경우 아닙니까?"

"그 이야기는?"

"태상왕처럼 권력을 사사로이 사용해서는 안 된다는 이야기입니다. 자기중심적으로, 자신의 편의에 따라 권력을 행사해서는 안 되고 공정하게 법에 따라 사용해야 할 것입니다."

"그야 이를 말이오. 그런데 왜?"

"물론 양녕대군과 관련한 일입니다. 한배에서 나온 형제인 점 그리고 작고하신 어머니께서 신신당부하신 점 등을 고려하면 당연히 무조건적으로 보호해야 할 일입니다. 그러나 법은 공정해야 합니다."

"중전은 양녕 형님을 광주로 보내야 한다는 말이요?"

"물론 보내야 할 일입니다. 그러나 신하들의 주청을 곧바로 들어줄 게 아니라 어느 정도 시간을 두고 주상이 직접 양녕대군으로 하여금 자발적으로 내려가도록 해야 인정과 법에 맞을 듯합니다."

세종이 잠시 생각에 잠겨들었다 천천히 고개를 끄덕였다.

"그런데 중전, 작고하신 장인 어른과 처가 문제는 어찌 처리

했으면 좋겠소. 내 지금 마음으로는 당장 바로잡고 싶구려."

"바로 그러한 부분으로 많은 생각하게 된 겁니다. 제 마음 역시 아버지와 친정에 가해진 일들을 곧바로 바로잡고 싶습니다. 그런데 주상이 그 일을 곧바로 바로잡겠다고 나서면 어떤 상황이 발생할까요. 그런 경우 주상의 아버지 즉 태상왕 전하께서 일처리를 엉터리로 했다고 주상이 자인하는 꼴이 되지 않을까요?"

"중전의 생각이 참으로 깊소."

잠시 생각에 잠겨 있던 세종의 얼굴에 미소가 감돌았다.

"그래서 주상께 부탁하려 해요. 제 아버지야 이미 돌아가신 분이니 우리 후손들에게 맡기시고 동생들 역시 그렇게 처리하시기 바랍니다. 다만 제 어머니의 경우 어느 정도의 시간이 흐른 연후에 주상께서 직접 조처를 취함이 가할 줄로 압니다."

"정말 그래도 되겠어요?"

"되고 말고의 문제가 아니라 태상왕 전하의 입지도 살려주고 주상의 실익도 챙기는 선에서 일처리 하심이 옳다 생각합니다."

"역시 중전이오."

"그리고 한 가지 더 드릴 말씀이 있습니다."

세종이 심각한 표정을 지으며 골똘히 생각에 잠겨 있는 중에 왕후가 잔잔하게 말을 이었다.

"기탄없이 말해보세요."

"태상왕 생전에 어머니와 합장하라 이르지 않았습니까?"

"그런 일이 있었…."

세종이 차마 말을 잇지 못했다. 그도 그럴 것이 원경왕후가 생전에 왕후는 물론 세종에게도 절대 합장하지 말라 유언을 남겼던 탓이었다.

"그래서 그런데, 어찌 하실 작정인지요?"

세종이 곤혹스런 표정을 지었다. 태상왕이 후손들이 성묘할 때 번거롭게 하지 않으려는 이유로 합장하라 일렀던, 나아가 예조에 전교하여 법제화한 탓이었다.

"중전에게 좋은 생각이 있을 듯한데 한번 들어봅시다."

왕후가 슬그머니 미소 지으며 입을 열었다.

"어머니는 합장하지 말라 했고 또 태상왕은 성묘의 번거로움을 덜기 위해 합장하라 했으니 두 분의 뜻을 동시에 관철시키면 되지 않을까요?"

"중전의 말을 빌면 어머니 묘소 옆에 따로 아버지를 안장하자는 의미입니다."

 왕후가 대답하지 않고 세종을 바라보자 세종이 흡족한 표정을 지었다. 그 순간 문이 열리고 김 나인이 고기가 듬뿍 담긴 소반과 술을 가지고 들어왔다. 김 나인과 상에 놓인 음식과 술을 바라보던 세종이 의아한 표정을 지으며 왕후를 바라보았다.

 "웬 고기와 술이란 말입니까? 아직 삼우제도 지내지 않았는데."

 김 나인이 물러나지 않은 상태에서 세종이 슬그머니 목소리를 높였다.

 이 대목에서 삼우제에 대해 살펴본다. 현대에 들어서는 고인이 돌아간 3일째 되는 날에 지내는 제사를 의미한다. 그러나 실록을 살피면 태종 이방원은 1422년 5월 10일 사망하고 1422년 9월 8일 세종이 '삼우제를 지내고 돌아오다'라 기록되어 있다. 이를 살피면 당시의 삼우제는 사망 후 근 4개월 후에 이루어졌음을 살필 수 있다.

 "주상, 살아 있는 사람은 살아야 하지 않겠습니까. 주상 몸

골을 보세요."

세종은 태상왕의 병세가 심각해지자 그 순간부로 음식을 전폐하다시피 했다. 그 일로 의정부와 육조에서 건강을 위해 연일 술과 고기를 먹을 것을 상소했으나 세종이 완강하게 거부하고 있었다.

"그렇다고 내가 어찌…."

"거기 서 있지 말고 너도 여기에 앉거라."

왕후가 세종의 말은 아랑곳하지 않고 어정쩡하게 서 있는 김 나인에게 나지막하게 요구했다. 김 나인이 무슨 말인지 알아듣지 못했는지 몸을 꼬기 시작했다.

"앉으라 하지 않았느냐!"

재차 지시하자 세종이 무슨 영문이냐는 듯 눈을 동그랗게 뜨고 왕후와 김 나인을 번갈아 바라보았다. 김 나인 역시 영문을 모른다는 듯 급히 무릎을 꿇었다.

"편히 자리하거라."

왕후의 지시에 김 나인이 고개를 한껏 숙인 채 편안하게 자리 잡았다.

"네 나이 지금 몇이지?"

"열…일곱…이옵니다."

역할 분담

왕후가 김 나인의 나이를 몰라 물은 게 아니었다. 세종의 관심을 유도하기 위함이었고 그에 왕후가 열일곱을 되뇌며 세종을 바라보았다.

"중전, 무슨 의미요?"

"의미는 무슨 의미인가요. 이제 제 권리를 확실하게 찾아야 한다는 의미지요."

"중전의 권리라니요?"

"내명부를 책임지고 있는 사람으로서 당연히 해야 할 도리를 해야 하지 않을까요?"

왕후가 알 듯 모를 듯한 말과 함께 빙긋이 미소를 보냈다.

"혹시, 이 아이를…."

"왜요, 마음에 차지 않습니까?"

"그게 아니라 지금 상중인데…."

"그를 제가 모를 리 없지요. 더군다나 상대가 천하의 효자인 주상인데 말이에요."

"그러면?"

"그저 맞선이라고 생각해요. 중매는 제가 서는 거고."

세종이 김 나인을 유심히 바라보았다. 그를 의식한 김 나인의 얼굴이 그야말로 발갛게 물들어갔다. 그뿐만 아니었다.

이마며 목덜미에 땀이 들어차기 시작했다.

"이 아이를 보면 남 같지 않아요."

"나도 내심 가끔 그런 생각하고는 했소. 이 아이를 보면 문득문득 어머니 생각이 나고는 합니다."

"단지 그래서 그랬던가요?"

왕후가 근자에 들어 김 나인을 바라보는 세종의 눈빛이 전과는 많이 다르다는 점을 느꼈던 터였다. 절색은 아니지만 순진무구하게 생긴 김 나인이 시간이 지나면서 만개해가는 모습에 왕후 역시 마음이 끌렸었다.

"허허, 그 무슨 말을 그리하오. 내게는 오로지 중전밖에 없는데 말이오."

"저도 그를 잘 알고 있지요. 그런데 제가 이 아이가 필요해서 그럽니다. 이제는 새로운 조선을 그려야 할 일이고, 서방님이 오로지 그 일에 매진할 수 있도록 뒷받침하는 데 이 아이로부터 도움을 받았으면 해서요."

세종이 왕후의 말을 곱씹으면서 다시 시선을 김 나인에게 주었다. 김 나인이 심지어 손까지 떨고 있었다.

"뭐하고 있느냐, 장차 지아비 될 분에게 술 한잔 올리지 않고."

**역할 분담**

왕후가 젓가락으로 고기를 집고 김 나인을 바라보았다. 흡사 눈에서 눈물이 흘러나올 듯 애절했다.

"내 이미 여러 번 이런 일에 대해 암시 주었고 지난번에는 반드시 이리하마 이야기했었거늘 전혀 마음의 준비도 하지 않았던 게냐."

왕후가 가벼운 한숨과 함께 준엄한 표정을 지으며 입을 열자 김 나인이 떨리는 손으로 술병을 집어 들었다. 그를 바라보던 세종이 천천히 잔을 들었다.

"어서 따르지 않고 뭐하는 게냐."

김 나인이 막상 술병을 들었으나 쉽사리 술을 따르지 못하자 세종이 부드러운 말투로 입을 열었다. 그게 위안이 되었는지 김 나인이 천천히 술을 따랐다. 잔이 채워지기 무섭게 세종이 잔을 비워냈다. 마치 그를 기다리고 있었다는 듯 왕후가 고기 안주를 세종에게 건넸다.

"이번에는 중전에게도 한잔 따라드리거라."

안주를 먹기도 전에 세종이 젓가락을 들어 고기를 집었다.

"제게도 말인가요?"

"그 누구보다 특히 나보다도 중전이 고생한 일 내가 잘 알고 있소. 그러니 어찌 나만 먹을 수 있다는 말이오."

세종의 말에 왕후의 가슴에 뜨거운 기운이 솟구치고 있었다. 그동안 세종에게는 일언반구하지 않았지만 마음속으로 상당히 애를 태웠던 일들이 밖으로 분출된다는 듯 왕후의 눈가에 미세하게 눈물이 흐르기 시작했다.

　"내 앞으로 중전에게 전적으로 의지할 터이니 적극적으로 도와주기 바라오."

　힘들게 잔을 비운 왕후에게 세종이 고기를 건네며 은근하게 입을 열었다.

완급 조절

# 완급 조절

"그래서 그분이 아버지의 후궁이 된 거군요."

왕후의 이야기를 잠자코 듣고 있던 수양이 눈을 반짝였다.

"후궁을 떠나서 참으로 고맙고 여러모로 도움이 되었어."

"동생들도 그러하지만 저 역시 어린 시절 많은 도움을 받아 고마운 분이라는 건 잘 알지요. 또한 어머니 역시 그녀의 아들들을 모두 거두어서 우리 형제들과 동등하게 대우하셨잖아요. 그런데 어머니께서 그분께 무슨 도움을 받았는지 여쭤도 돼요?"

"그 사람의 아이들 역시 네 아버지의 자식들 아니냐. 그러니 당연히 내가 거두어 들여 너희들과 함께 키웠지. 그리고 그녀로 인해 노비들 특히 관청에 소속된 여자 노비들의 출산 실상을, 아이를 낳고도 제대로 산후조리를 하지 못하는 현실을 알게 되었어."

출산이란 소리 때문인지 수양이 대부인을 바라보았다. 수양의 큰아들인 도원군(의경세자)을 출산할 때 기존의 관례를 깨고 왕후의 각별한 배려로 경복궁에 들어 낳았던 터였다.

"어머니, 제 아들이 태어날 당시 어머니께서 직접 돌보아 주신 점에 대해 지금도 잊지 않고 있습니다."

왕후가 수양을 바라보며 애틋한 표정을 지었다.

"왜 그랬는지 알고 있느냐?"

"저로서는…."

"혹시 첫째 아들은 아버지 몫이고 둘째 아들은 어머니 몫이라는 말 들어본 적 있느냐?"

모든 일이 장자 우선일 수밖에 없던 당시 상황에서 둘째는 소외되었고 그래서 어머니의 사랑을 독차지했던 데서 비롯된 말이다.

"물론 들어본 적 있습니다만 단지 그래서…."

수양이 섭섭하다는 듯 표정이 어둡게 변했다.

"그런데 내 경우는 단지 그래서 그런 게 아니야. 이상하게도 다 같은 아들이면서도 유독 너에게 마음이 쏠리더구나."

"대군은 출산의 고통을 잘 알지 못하겠지요?"

수양이 막 입을 열려는 순간 대부인이 수양을 주시했다.

"무슨 말을 그리 섭섭하게 하는 게요. 비록 내 몸의 고통은 없었지만 마음속으로 얼마나 간절했는지 부인이 모른다는 말이오?"

 수양이 말꼬리를 올리자 대부인이 슬그머니 미소를 보였다.

 "여하튼 그녀로부터 실상을 전해듣고 우선 아기를 낳은 경우 백일 동안 휴가를 주도록 했고 뒤이어서 그 남편들에게도 휴가를 주었어."

 "남편들에게도요?"

 대부인이 목소리를 높이자 왕후가 수양을 바라보았다.

 "너는 어떻게 생각하느냐?"

 "당연하지요. 방금 이야기했지만 출산은 아내들만의 전유물이 아니지요. 아내 특히 사랑하는 사이라면 아내 못지 않게 심적으로 고통 받게 되니까요. 그리고 저와 노비들의 경우는 현실이 다르니 당연히 그 남편으로 하여금 아내를 돕도록 해야 도리지요."

 수양의 말에 대부인이 흡족한 표정을 지었다.

 "그래서 그들의 남편에게는 30일간의 휴가를 주도록 한 거야."

 "어머니, 참으로 획기적인 생각이셨습니다."

 "바로 그런 문제란다. 당연히 해야 할 일을 실시한 게 획기적인 생각으로 비쳐지는 상황 말이다."

수양과 대부인이 왕후의 말을 새기는 중에 상이 들어오고 있었다. 순간 수양의 시선이 상으로 향했다.

"배고플 터인데 어서 먹도록 하거라."

상이 자리 잡자마자 수양이 입맛을 다시고 있었다. 그를 감지한 왕후가 수양에게 먹기를 요구했다.

"어머니, 먼저 드셔야지요."

"내가 무슨 음식을, 오히려 소화되지 않을까 염려되니 나 신경 쓰지 말고 먹도록 해라. 그리고 말이야. 사람들이 질병으로 인해 사망하는 경우도 있지만 결국은 제대로 소화를 시키지 못해서 죽는 경우가 다반사야."

수양이 왕후와 대부인의 표정을 살피다 이내 급하게 음식을 먹기 시작했다.

"어머니께서 금방 이야기했건만, 천천히 먹도록 하세요."

대부인의 지적에 수양이 왕후를 바라보며 겸연쩍은 표정을 지었다.

"항상 어멈 말 잘 새겨듣도록 하거라."

"아버지처럼 말이지요?"

"네 아버지를 떠나서라도 가정이 화목하려면 아내의 말을 존중해주어야 한다."

"어머니 말씀 들으니 갑자기 고려 시대의 이야기가 생각나네요. 여자가 한 가정의 중심으로 자리했다는 일 말이에요. 그리고 오히려 그 제도가 합리적이라는 생각 일어납니다. 남자들은 그저 밖으로 돌기 바쁘니까요."

왕후가 그저 가볍게 미소지었다.

"여하튼 이제는 온전히 시아버지와 어머니의 세상이 되었네요."

대부인이 슬그머니 대화의 방향을 바꾸었다.

"아니지, 여러 번 이야기했지만 우리의 세상이 아니라 이 나라에 살고 있는 모든 사람들의 세상을 그리기 시작했어. 그런데 네 시아버지가 명실상부한 임금으로 나선 일에 무슨 의미가 있는지 아느냐?"

"할아버지와 아버지 사이에 무슨 차이가 있나요?"

음식을 먹으며 수양이 입을 열었다.

"네 할아버지의 경우 보위라는 권력을 쟁취하기 위해 고단한 삶을 살았고 또 힘들게 쟁취한 보위를 지키는 데에 많은 부분을 할애했다는 점이야. 그에 반해 네 아버지는 태상왕으로부터 보위를 물려받고 채 완성되지 않은 조선의 기틀을 잡아갈 막중한 책임을 부여받은 게지. 권력의 문제에서는 자유로웠지."

"어머니, 엄밀하게 이야기하면 보위를 물려 받은 게 아니라 잠시 전에 말씀하신 대목처럼 쟁취한 게…."

"무엇을 의미하는 거냐?"

"태상왕의 마지막 대목이…."

왕후가 대답 대신 그저 웃기만 했다.

"왜 그래요, 어머니."

수양이 잔뜩 호기심 어린 표정으로 개입했다.

"실은 나도 확단할 수 없기 때문에 그런단다. 막상 내 아버지를 무참하게 죽인 일에 대해 복수하고자 하는 마음 간절했지만 내가 시도한 일로 그렇게 마무리 지어졌다고 확단할 수는 없어. 여하튼 그 일로 권력 싸움에서 벗어나 온전하게 조선을 설계할 수 있게 되었으니, 어떻게 살피면 태상왕의 운명이지 않을까 싶다."

"그건 그렇고 두 분이 서두르지 않겠다고 한 생각은 정말 잘하신 듯해요."

수양의 말에 왕후가 실소를 터트렸다.

"왜 그러세요."

"그 과정에 하도 흥미로운 일이 있었는데 갑자기 그 일이 생각나서 그런단다."

두 사람이 호기심 어린 표정으로 왕후를 바라보았다.

"조삼모사라고 알고 있지."

조삼모사(朝三暮四)는 중국 송나라의 저공이 원숭이들에게 도토리를 아침에 3개, 저녁에 4개 주겠다고 했다가 원숭이들이 화를 내자, 아침에 4개, 저녁에 3개로 바꾸겠다고 하여 원숭이들을 속인 고사에서 유래한 고사성어다.

"갑자기 그건 왜…."

"아버지 돌아가시고 처음 친정을 방문하는 중에 그러한 일이 발생했단다."

"그냥 가시면 될 일 아닌가요?"

"물론 그럴 수도 있지. 그런데 앞서도 언급했지만 모든 일에 완급을 조절하고자 했지."

"그런데요?"

"주상이 신하들에게 은근히 그 일과 관련하여 떠 본 거야. 내 어머니가 지척에 있으면서도 서로 보지 못한 지 오랜 시간이 지났으니 내가 어머니를 뵈러 친정을 방문하는 일이 어떠냐고."

왕후가 말하다 말고 다시 실소를 터트렸다. 이번에는 두 사람이 재촉하지 않았다.

"그에 대해 신하들은 불가하다 하였지. 그러자 이번에는 나이가 너무 들어 벼슬에서 물러난 외할아버지(안천보)께서 나를 보고 싶어하는데 외할아버지를 만나러 가는 일에 친정어머니가 그곳을 방문하여 나를 만나는 일은 어떠하냐고 물었단다. 그러자 그 일은 가하다고 이구동성으로 언급했으니 이게 조삼모사가 아니고 무엇이란 말이냐."

왕후가 외할아버지를 방문하는 길에 세종은 본인의 친족은 물론 대신들의 부인들 그리고 관리들로 하여금 호종하게 하였다. 아울러 이들 일행은 왕후의 친정과 외할아버지 집 가운데 천막을 치고 왕후는 어머니와 친정 식구들을 만나 오랜만에 회포를 풀었다.

"외할머니께서는 그러면 그 당시까지 면천되지 못하셨다는 이야기로 들리는데요."

"그러니 그런 꼼수를 쓸 수밖에 없었지. 그러나 당시까지 어머니는 신분상 천인이었지만 네 아버지의 배려로 실상은 전과 별반 다르지 않은 생활을 이어가고 있었어."

"그러면 언제 정상으로 돌아올 수 있었는지요?"

수양의 질문에 왕후가 다시 슬그머니 실소를 흘렸다.

"혹시… 또 조삼모사…."

"아니다, 이번에는 그런 경우가 아니야."

"그런데 왜…."

"왜 웃느냐 이 이야기지. 내가 왜 웃었냐면 대신들의 말 때문이란다."

두 사람이 서로의 얼굴을 바라보았다.

"오래지 않아 대신들이 상소를 올렸는데 그 주요 골자가 '아들이 어머니를 신하로 삼는 도리는 없다'는 논리였어."

"네!"

두 사람이 동시에 경악스럽다는 반응을 보였다.

"내가 바야흐로 국모가 되었는데도, 어머니가 천민으로 전락해 있는 현실은 상당히 그르다는 이야기였지."

"결국 아버지가 아닌 대신들의 주청으로 정상화된 거네요."

"사자성어로 이야기하면 차도살인인 게지."

차도살인(借刀殺人)은 36계 중 3계로 남의 칼을 빌려 사람을 죽인다는 뜻으로, 상대를 이간질하거나 외부의 힘을 빌려 아군의 손실을 최소화하는 계략을 지칭한다.

"어머니의 이야기를 듣다 보니 방금 전 하신 말씀이 다시 연상되네요. 급하게 음식 먹지 말라고. 그러다 체한다는 말 말입니다."

수양이 겸연쩍은지 젓가락을 상 위에 내려 놓았다.

# 부전자전

# 부전자전

"지금 네 나이 서른이지?"

"제가 1417년생이니 서른 살이지요, 그런데 갑자기 제 나이는 왜 물어보시는지요?"

수양이 눈을 동그랗게 뜨고 대부인에게 시선을 주었다.

"혹시 나나 어멈 모르게 관계를 맺고 있는 여인이 있느냐?"

"어머니, 부인 나이 이제 스물아홉이고, 그리고 한창 때인데 제가 어찌…."

왕후가 슬그머니 미소지으며 대부인을 바라보았다.

"지금 아범 말이 정말이냐?"

"아범은 지금 다른 일에 신경 쓰지 못할 정도로 바쁘게 움직이고 있습니다. 아울러 다른 여인은 꿈도 꾸지 못하는 상태입니다. 그런데 갑자기 왜…?"

"어머니, 저는 다른 여인 쳐다보지도 않을 겁니다."

대부인이 의아한 표정으로 왕후를 바라보자 수양이 단호하게 입을 열었다. 왕후가 두 사람을 흐뭇한 표정을 지으며 바라보았다.

이 대목에서 수양대군 즉 세조의 여인 관계를 살펴보자. 일반적으로 정난을 통해 보위에 오른 수양대군이 방탕하다 여기고 세조 재임 시 상당한 수의 후궁을 들였을 것이라 생각하지만 세조는 재임 중 단 한 명의 후궁도 들이지 않았다.

기록에 남아 있는 근빈 박 씨와 소용 박 씨는 보위에 오르기 전에 들인 여인들이었다. 특히 소용 박 씨(박덕중)는 궁에 들어 세조가 자신을 가까이하지 않는다는 이유로 세조의 조카 즉 임영대군의 아들인 귀성군 이준을 짝사랑하며 연애편지 사건을 일으켜 교수형으로 죽음을 맞이했다.

아울러 세조는 재임 시 순방이나 강무에 자신의 아내 정희왕후와 함께하는 등 두 사람은 굳건한 정치적 동반자로 자리매김한다. 그런 연유로 정희왕후는 조선 최초로 손자 성종을 수렴청정하면서 성공적으로 자신의 소임을 다하게 된다.

"방금 전에 김 나인에 대해 이야기했었지?"

"그런데요?"

"당시 곧바로 김 나인을 후궁으로 들이지 못한 이유가 무엇인지 아느냐?"

"할아버지 초상 때문 아닌가요?"

부전자전

잠시 생각에 잠겨 들었던 수양이 말끝을 높였다.

"제대로 말했구나. 네 할아버지 삼년상이 끝난 연후에 후궁으로 들이려 당시에는 그저 맞선 형태의 자리를 가진 거야."

"어머니, 혹시 화의군(이영)의 어머니 이야기하려 하시는 게 아닌가요?"

두 사람의 대화를 지켜보던 대부인이 조심스럽게 입을 열었다. 순간 수양이 손가락을 접었다 폈다 하며 왕후를 바라보았다.

"바로 말하였어. 그런데 단순히 네 할아버지 초상 때문만은 아니었어. 그 해에 아범의 큰누나가 불행하게도 운명을 달리 했는데…."

왕후가 순간적으로 눈시울을 붉혔다. 수양의 큰누나로 세종과 왕후의 큰딸인 정소공주는 열세 살의 어린 나이에 완두창(마마)에 걸려 요절한 탓이었다.

"여하튼 그 일로 네 아버지와 한바탕 설전을 벌였었지."

"주상, 피는 속일 수 없다 했는데 주상이 바로 그러한 모양입니다!"

저녁 무렵 세종이 왕후전에 들자마자 왕후가 서슬퍼런 모습으로 세종을 주시했다. 그 모습에 세종이 적지 아니 당황한 듯했다.

"중전, 갑자기 나를 찾은 이유도 그렇고 그리고 왜 그리 험악하게 바라보는지 이해하기 힘들구려."

"내가 주상을 찾은 이유를 정녕 모른다는 말입니까!"

"내 어찌 그를 알겠소."

왕후의 눈가로 미세한 힘줄이 돋아나자 세종의 말에 잔뜩 주눅이 들어갔다.

"주상은 궁녀 강 씨를 정말 모른다는 말입니까?"

왕후가 단호하게 강 씨를 거론하자 세종의 표정이 급격히 어둡게 변화되었다.

"그 궁녀가 왜요?"

묻는 세종의 목소리가 한껏 풀이 죽었다.

"그 아이가 주상의 아이를 배 속에 지니고 있다는 사실을 모른다는 말인가요?"

그날 오후의 일이었다. 산책 삼아 정원을 소요하는 중에 한 모퉁이에서 이상한 소리가 들려오고 있었다. 궁궐 내에서 들려오는 그 소리가 궁금하여 소리 나는 곳으로 이동하자 대전에 근무하는 앳된 궁녀 강 씨가 헛구역질을 하고 있었다.

순간 이상한 생각이 일어나 그 자리에서 자초지종을 캐묻기 시작했다. 한사코 입을 열지 않으려는 강 씨로부터 내막을 전해 듣게 되었다. 어느 한날 저녁 세종의 부름을 받고 승은을 입었고 기어코 임신하게 되었다는 이야기였다.

"뭐라, 임신을! 정말이오?"

세종 자신도 믿기지 않는다는 듯이 말끝을 올리며 혀를 찼다.

"주상의 표정을 보니 정말 임신 사실을 모른 듯 보입니다."

왕후가 서서히 냉정을 찾아가고 있었다.

"중전, 내 꿈에라도 그러한 사실 알지 못했소. 그리고 어떻게…."

"일의 자초지종을 말해보세요."

잠시 당혹한 표정을 짓던 세종의 입에서 전말이 드러나기 시작했다. 강무로 궁을 떠나 마음도 울적하여 술을 마시고 저녁 늦은 시간 숙소로 돌아가는 길에 대전 궁녀인 강 씨를 우연히 마주치게 되었다. 그 순간 아버지 태종의 초상으로 오랫동안 참았던 욕정이 폭발하였고 그에 그 아이를 들이고 하룻밤을 보냈다.

"그게 다란 말인가요?"

"그렇소, 중전. 내가 왜 중전에게 거짓을 고하겠소? 그런데 어떻게 그 일로 임신을⋯."

세종 자신도 이해되지 않는다는 듯 당혹스런 표정을 지었다. 그 모습을 바라보자 왕후가 씁쓰레한 표정을 지었다.

"왜 그러오, 중전?"

"방금 전 말했듯 피는 속이지 못한다는 생각이 듭니다. 어쩌면 시아버지와 똑같은 상황을 만들 수 있습니까?"

"그게 무슨 말이오?"

"시아버지의 후궁 중 한 사람인 숙의 이 씨를 모르시나요?"

"숙의 이 씨라."

세종이 숙의 이 씨를 되뇌며 잠시 생각에 잠겨들었다.

"중전, 아버지의 후궁이 워낙 많아⋯. 그 여인이 누구인지 쉽사리 생각나지 않는구려."

숙의 이 씨는 세종의 동생인 성녕대군이 죽은 지 얼마 되지 않은 시점에 이방원이 숙소로 들여 아들 후령군 이간을 낳은 궁녀였다. 그 일로 생전에 대비인 원경왕후와 대판 싸움을 벌이고 이후 그녀의 존재는 철저하게 기밀에 붙여지고 만다.

"그러면 그 여인은 어찌 처리하려오?"

왕후의 설명을 듣고 난 세종이 눈을 동그랗게 떴다.

"본보기를 보여야지요."

왕후가 단호하게 말하자 세종의 입에서 절로 끙하는 소리가 흘러나왔다.

"말인즉 태어나는 아기는 거두어들이고 그녀는 내치겠다는 의미로 들립니다만."

"왜요, 강 씨도 거두어들일까요?"

세종이 차마 대답하지 못하고 있었다.

"주상이 판단해 보세요."

"일이 그렇게 되었지만 내가 판단할 일은 아닌 것 같소."

세종이 힘없이 말을 받았다.

"주상, 당시 왜 주상의 아버지께서 아니, 시어머니께서 그녀를 내치셨는지 아시나요?"

"내 구체적인 사안은 모르나, 차마 인륜에…."

세종이 곤혹스런 표정을 지으며 채 말을 끝맺지 못했다.

"물론 시아버지와 주상의 경우는 다르지요. 시아버지는 습성이지만 주상은 순간적인 욕정을 이겨내지 못하고 저지른 실수로 볼 수 있습니다. 그러나 아버지 상중에 또 딸이 죽은 지 얼마 되지 않은 시점에 그러한 일이 있었고. 그런데 그 여인을 거두어들인다면 남들의 시선은 어떨까요?"

"부인 말대로 실수가 아닌 습성으로 받아들이지 않겠…."

잠시 생각에 잠겨들었던 세종이 제대로 말을 끝맺지 못했다.

"이번에도 그와 같은 전철을 밟으려 합니다. 그러니 그렇게 아시고 다시는 제 허락 없이 여인들을 취하지 말기 바랍니다."

화의군의 어머니로 알려지고 있는 영빈 강 씨는 단지 화의군의 어머니라는 기록만 남아 있고 그녀와 관련해서는 기록이 전무하다. 조선 역사를 살피면 후궁의 자식이 군호를 봉작 받을 시 당사자의 어머니 역시 봉작을 받고는 했는데 영빈 강 씨는 그러한 기록도 존재하지 않는다. 또한 언제 정1품의 직인 빈의 봉작을 받았는지에 대해서도 전혀 알려진 바 없다.

왕후의 이야기가 끝나자 대부인이 수양의 얼굴을 주시했다.

"부인, 왜 그러오?"

"혹시 서방님도 그럴까 보아서…."

"허허, 내 방금 전에 이야기하지 않았소. 절대 한눈팔지 않고 부인에게 오로지하겠다고 말이오."

왕후가 수양을 바라보며 야릇한 표정을 지었다.

"어머니는 또 왜 그러세요?"

"잠시 전에 네 아버지에게 피는 속이지 못한다고 했는데 실상은 그게 남정네들의 속성이 아닌가 싶은 생각이 일어나서 그런다."

"저는 절대 안 그런다니까요!"

"네 아버지는 그 소리 안 한 줄 아니?"

수양이 단호하게 말하자 왕후가 가볍게 미소 지었다.

"어머니, 내친 김에 귀인(내명부 종 1품으로 후일 혜빈으로 봉작됨) 양 씨에 대해서도 알려주세요."

대부인이 슬그머니 대화의 내용을 바꾸어 나갔다.

"세자는 태어나면서부터 병약했었지."

"그러면…."

"양 귀인은 세자 어린 시절부터 곁에서 간호했던 사람이야. 그런데 너무나 지극정성으로 세자를 돌보기에 그 심성이 기특하여 나중에 후궁으로 삼았지."

수양이 가만히 고개를 끄덕였다.

대리 임금

# 머리 임금

"아까 너희들에게 주상과 나의 역할 분담에 대해 말했지."
"어머니께서 내명부를 관장하기로 하셨다고 했지요."
어느 정도 허기를 면했는지 수양의 말에 힘이 들어갔다.
"그런데 그것뿐만 아니었어. 네 아버지가 필요에 의해 반드시 행해야 할 순방이나 강무로 궁궐을 비울 때는 내가 주상의 역할을 대신하기로 했지."
"어머니께서요. 그러면 남아 있는 조정의 대신들은…."
왕후가 쓴웃음을 지었다.
"무슨 사연이 있는가요?"
"방금 전에도 얼핏 언급했지만 대신들은 보좌하는 즉 유사시 결단을 내리는 일에는 적합하지 않은 거야. 그저 돌아가는 상황에 대해 조언 정도만 하는 데 익숙해 있는 사람들이기에 궁여지책으로 그리 합의 본 거야."
"가만히 생각해보니 어머니 말씀이 일리 있네요. 그런데 그와 관련해서 무슨 일이 발생했었는가요?"

"내가 그와 관련하여 두 가지만 이야기해주마."

"두 가지라, 그러면 하나는 무엇인가요?"

"한창 네 동생인 금성대군을 임신하고 있을 때 네 아버지가 강원도로 강무 겸해서 순방을 떠나셨었어."


"중전마마, 이조판서 황희입니다."

"뭐라, 이조판서가!"

왕후가 만삭의 몸으로 전에서 쉬고 있는 중에 황희의 다급한 목소리가 들려왔다. 다급한 목소리로 보아 본능적으로 불길한 느낌이 들어 옷매무시를 가다듬고 가만히 자신의 배를 쓸어보았다.

"어서 들도록 하세요."

왕후의 말이 끝나기 무섭게 문이 열리며 상궁과 함께 황희가 사색이 된 얼굴로 모습을 드러냈다.

"마마, 지금 한성부에 대형 화재가 발생하였습니다."

"뭐라, 화재라 했습니까?"

"그러하옵니다, 마마!"

"마마 거둥하시려 하시는지요."

왕후가 천천히 몸을 일으켜 세우자 곁에 있던 상궁이 급하게 왕후의 한쪽을 부축했다.

"큰 불이 일어났다면 내가 여기서 편히 쉴 수 없는 노릇이지 않은가. 그러니 어서 대전으로 가세."

"마마, 송구하옵니다."

"대감이 송구할 일이 아니지요."

황희가 고개를 조아리자 왕후가 앞서 가기 시작했다. 밖으로 나서자마자 순간적으로 왕후가 걸음을 멈추었다. 막 봄에 들어선 시점에 강한 바람이 불고 있던 때문이었다.

"마마, 가마를 대령하라 할까요?"

상궁의 아룀에도 불구하고 왕후가 시선을 허공으로 아니, 바람에 주고 있었다.

"마마, 가마를…."

"대형 화재가 발생했다 하는데 지금 그럴 겨를이 어디 있느냐. 내 그냥 걸어가겠다. 그건 그렇고 대감, 발화 장소가 어디인가요?"

상궁을 바라보던 시선을 황희에게 주며 다시 이동하기 시작했다.

"한성부의 남쪽에서 발화하여 지금 경시서〈시전을 관장하기 위하여 설치되었던 관서로 당시에는 한성 중부 건평방(현

견지동)에 위치했던 것으로 보임)까지 옮겨간 상태입니다."

"경시서까지 번졌다면…."

왕후가 말하다 말고 제자리에 멈추었다.

"마마, 지시하실 일이 있습니까?"

"아니오, 지금 불이 경시서까지 번졌다고 하면 자칫 한양 전체가 위험할 수 있소. 그래서 내가 방금 전 바람의 방향을 헤아려본 거라오."

왕후의 말에 황희가 갓을 벗고 바람에 자신을 맡기고 있었다.

"마마, 남쪽에서 북동쪽으로 불고 있는 듯 보입니다."

코까지 킁킁거리던 황희가 심각한 표정을 지었다.

"서둘러 대전으로 가지요."

짧게 말한 왕후가 다시 앞서기 시작했다. 잠시 후 대전 가까이 이르자 왕후가 걸음을 멈추었다.

"지금 판한성부사(현 서울시장)는 어디에 있는가요?"

"잠시 전까지 화재 현장에서 불 끄는 작업을 독려하고 있다 들었습니다."

"대감, 지금 바로 사람을 보내 곧바로 판한성부사를 궁으로 들라 하세요."

짧게 말을 마친 왕후가 급하게 대전으로 들었다. 이미 연락을 받고 모여든 대신들이 한결같이 머리를 조아렸다. 그들과 일일이 눈인사를 나누는 중에 황희가 급하게 다가왔다.

"마마, 용상으로 오르시지요."

황희의 말이 신호가 되었는지 모두가 황희의 말을 따라했다. 왕후가 그들의 면면을 살피며 천천히 용상에 자리했다.

"환관은 어서 한양 지도를 가져오도록 하라."

왕후의 준엄한 명령에 환관이 급하게 움직이기 시작했다. 이어 잠시 후 환관에 의해 한양의 지도가 왕후의 앞에 놓였다. 곧바로 왕후가 세심하게 지도를 살피기 시작했다. 그 모습을 대신들이 진지한 표정을 지으며 바라보았다.

"황희 대감은 가까이 오도록 하세요."

왕후의 명에 따라 황희가 다른 대신들의 눈치를 살피며 조심스럽게 왕후 곁에 섰다. 왕후가 황희와 작은 소리로 대화를 나누기 시작했다. 그러기를 한순간 판한성부사 김소가 거친 숨을 몰아쉬며 들어섰다.

"중전 마마, 판한성부사 김소 명 받들고 마마님을 뵈옵니다."

왕후가 곁에 선 환관에게 김소에게 물을 가져다 주라 명했다. 이어 물을 마신 김소의 호흡이 다소 진정되자 입을 열기 시작했다.

"지금 한양 남쪽에서 발화한 화재가 바람을 타고 북동쪽으로 옮겨가고 있어요. 아울러 이대로 진행된다면 종묘와 창덕궁이 소실을 면치 못할 것이오. 그런 고로 부사는 종묘와 창덕궁 가까이 있는 집들에 거주하고 있는 사람들을 안전한 장소로 이동시키고 그 집들을 모두 부수어서 불이 옮겨붙지 않도록 하세요."

말인즉 화재가 종묘와 창덕궁으로 번지지 못하도록 매개체를 없애라는 지시였다.

"마마, 내수소(왕실의 재물을 보관하던 창고)는 어떻게 대처하였으면 좋겠습니까?"

"돈과 식량은 차후에 생각하고 종묘와 창덕궁은 반드시 구하도록 하세요."

"마마, 명 받들겠습니다."

그를 새겨들은 판한성부사를 위시하여 모든 대신들이 고개를 조아렸다.

"마마, 이곳에 머무시렵니까?"

판한성부사를 비롯하여 일부 사람들이 급하게 전을 빠져

나가자 황희가 은근하게 입을 열었다.

"그래야 하지 않겠어요. 내가 화재 상황이 완전히 종료될 때까지 이곳에서 직접 진두지휘하겠어요. 그러니 대감은 너무 심려 마시고 일 보시도록 하세요."

수시로 화재 현장의 상황을 보고받으며 일일이 대처하다 그날 저녁 대신들로부터 화재가 소멸했고 종묘와 창덕궁을 구했다는 소식을 접한 왕후는 그제서야 자신의 거처로 이동해서 밤을 보냈다. 그러나 다음날 날이 밝자 동일한 상황이 전개되었다.

이번에는 전옥서(현 종각역 6번 출구 근처) 서쪽에서 불이 일어나 전옥서와 행랑 8간까지 연소되었다는 보고를 접하게 된다. 이에 직면하자 왕후는 전날과 마찬가지로 대전으로 이동하여 화재 현장을 진두지휘하고 바로 근처에 있는 종루를 구했다.

"어머니, 만삭의 몸으로 참으로 큰일 하셨습니다."
"큰일이라니, 당연히 해야 할 도리를 한 것뿐이야."
말을 마친 왕후가 가늘게 한숨을 내쉬었다.
"어머니, 왜 그러세요?"

"다음 말을 이으려니 가슴이 미어지는구나."


"주상, 오늘은 내가 한잔 해야겠어요."
 왕후가 찾는다는 전갈을 받고 세종이 왕후전에 들자 왕후가 혼자 술을 마시고 있었다.
 "그렇게도 마음이 안쓰럽소?"
 "저 역시 아이들의 어머니인데, 그 아이들의 어머니들을 보니…."
 태종 조부터 명나라에 조공품으로 처녀를 바치는 일이 정례화되었는데 그날 왕후가 경회루에 나가서 공녀로 가기로 한 처녀들과 그 가족들을 위해 전별연을 베풀어 주었었다.
 "그렇지 않아도 나도 그를 심각하게 생각 중이오. 비록 공녀로 선발된 가족에 대해 은전을 베풀지만 차마 사람의 도리가 아닌 듯하오."
 이른바 명나라에서 성행했던 순장의 문제였다. 혹시라도 조선의 여인들이 궁인으로 선발되기라도 한다면 황제 생전에는 부귀영화를 누리지만 황제 사망 시 함께 순장시켰고 그로 인해 많은 조선의 여인들이 생죽음을 당했던 터였다.
 아울러 조선에서는 그녀들을 향해 살아 있는 송장이라 지칭하고는 했다. 그럼에도 불구하고 일부 사대부들은 자신의 가족을 공녀로 보내 출세의 길로 활용하고는 했다. 특히 어떤 사람은 자신의 누이가 황제의 죽음에 임해 순장을 당했건만 다시 다른 누이동생을 공녀로 보내고는 했다.

"저 역시 오늘 전별연을 베푸는데, 다들 겉으로는 표현하지 않았지만 안절부절못하는 모습이 마음에 그려지더이다."

말을 마친 왕후가 천천히 술잔을 기울였다. 술이 목으로 넘어가는 동안 왕후의 눈에서 흘러내린 눈물이 술잔으로 스며들고 있었다.

"나도 한 잔 주구려."

"주상, 이제 끝냅시다!"

세종의 잔을 채운 왕후가 단호하게 입을 열었다.

"중전, 방법이 있습니까?"

"처녀들 대신에 다른 조공품을 더 보내면 저들도 뭐라 하지 않을 겁니다."

왕후가 힘주어 말하자 세종이 천천히 잔을 비워냈다.

"내 반드시 그리하리다!"

# 폐빈 사건

## 폐빈 사건

"내 어멈에게 고맙다는 말 해야겠구나."
왕후가 느닷없이 대부인의 손을 잡았다.
"어머니, 갑자기 무슨 말씀이세요?"
"혹시 형님 때문에…."
수양이 눈을 동그랗게 떴다.
"그래, 바로 쫓겨난 세자빈들 때문에 그래."
말을 마친 왕후가 길게 한숨을 내쉬었다.
"그게 어머니 탓은 아니잖아요?"
"그렇다고 전적으로 네 형을 탓할 수는 없는 노릇이지. 세자의 의사를 타진하지 않고 전적으로 네 아버지와 내가 간택했으니. 어멈도 잘 알지 않느냐?"
"제가 대군과 가례를 올린 게 바로 휘빈이 폐해지기 전 해인지라. 상세한 내막은 잘 알지 못합니다."
왕후가 수양과 대부인의 가례를 회상하는지 잠시 침묵을 지키다가 천천히 말을 이어가기 시작했다.

왕세자 향이 14세 되던 해에 인물은 따져보지 않고 가문만을 보고 명문가인 상호군 김오문의 딸을 휘빈으로 삼았다. 휘빈의 오빠 김중엄은 태종의 차녀인 경정공주의 사위로 세종에게는 조카사위였고 고모는 태종의 후궁인 명빈 김 씨이며 이모부가 이숙번이었다.

비록 명문가의 여식이었으나 세자는 가례를 올린 이후 휘빈에게 관심을 보이지 않고 오히려 다른 궁녀들에게 관심을 보인다. 이에 직면하자 휘빈은 자신의 시녀 호초에게 남자에게 사랑받는 술법을 묻는다.

이에 호초는 세자가 좋아하는 궁녀의 신발 앞코를 잘라 그것을 태워 재로 만든 다음 세자의 술에 넣어 마시게 하면 세자가 궁녀들을 멀리하고 세자빈만 찾게 될 것이라며 세자가 좋아하는 궁녀들을 대상으로 실험하고자 한다.

휘빈은 즉시 세자가 좋아하는 궁녀들의 신을 가져다가 자기 손으로 베어내어 태워서 재로 만들어 지니고 있었으나 실패하고 여러 차례에 걸쳐 틈을 엿보나 결국 기회를 잡지 못해 실패하고 말았다.

그러자 휘빈은 다시 호초에게 다른 술법이 없는지 묻는다. 그러자 이번에는 뱀 두 마리가 교접할 때 정액을 수건으로 닮아서 차고 있으면 반드시 남자의 사랑을 받는다고 대답한다. 물론 호초 역시 휘빈이 하도 강요하기에 다른 종들로부터 들은 이야기를 전한 경우였다.

결국 이러한 일이 왕후에게 발각되고 세종과 함께 당사자인 휘빈을 불러 일의 자초지종을 추궁한다. 그리고 결국 그 일이 모두 사실이란 자복을 받아내기에 이르고 두 사람은 비통한 심정으로 빈을 폐하고 사가로 내쫓았다.

"완전히 미친년이로세!"

왕후의 설명이 끝나자 수양이 허탈하다는 듯 한숨을 내쉬고 대부인을 바라보았다. 대부인의 표정에서 민망함이 가득 묻어나오고 있었다.

"부인은 어찌 생각하시오?"

"차마⋯."

"그래서 휘빈을 폐한 그해 겨울에 다시 세자빈을 들였단다."

대부인이 말을 잇지 못하자 왕후가 다시 말을 이어갔다.

그해(1429년) 11월 다시 세자빈을 들이게 된다. 세종과 왕후는 세자가 폐해진 휘빈이 외모가 달려 멀리했다 생각하고 빈을 선발함에 있어 미모를 우선시한다. 그리고 이조참판을 역임했던 봉려의 딸인 봉 씨를 순빈으로 삼았다.

그러나 순빈이 아이를 낳지 못하자 후사를 염려한 왕후는 세자에게 권 씨, 정 씨, 홍 씨 3명을 승휘(세자의 후궁)로 들여주었다. 그중 화산부원군 권전의 딸인 권 승휘(후일 단종의 어머니 현덕왕후)가 임신하게 된다.

이러한 사실을 알게 된 순빈은 시기심과 질투심에 빈궁 소속 궁인들에게 "권 승휘가 아들을 낳으면 우리는 쫓겨나야 할 거야."라 소리치며 울기를 다반사로 하여 왕후가 불러들여 타이르기도 하였지만 전혀 뉘우치는 기색을 보이지 않았다.

아울러 일탈을 일삼기 시작한다. 세자의 의복, 신, 띠, 속옷, 적삼 등을 부모님 집으로 몰래 보냈다. 이를 알게 된 왕후와 세종은 그녀의 비행에 대해 어버이를 위한 일이라 하여 책망하지 않고 그저 가볍게 타이르는 선에서 마무리한다.

동시에 세자를 불러 순빈과 동침하기를 명하고 이에 세자는 한동안 그녀와 동침하는데 어느 순간 순빈이 임신했음을 알리게 되어 궁궐 모든 사람이 기뻐하나 결국 거짓 임신으로 밝혀졌다.

순빈의 일탈은 날이 갈수록 심화되기에 이른다. 시녀들의 변소에 들어가 그곳에 뚫린 틈으로 궁 밖의 남자들을 엿보는가 하면 궁중의 물건이나 음식을 덜어 친정으로 보내기까지 했다. 세자가 옳지 않다 지적하지만 몰래 친정으로 보낸 일이 발각된다.

그리고 급기야 궁궐의 여종 소쌍과 잠자리를 함께한다. 당시 소쌍은 단지라는 여종을 좋아했는데 소쌍이 단지를 만나지 못하게 하고는 밤마다 본인과 잠자리를 함께한 일이 발각되고 만다. 결국 인내심이 바닥난 세종과 왕후는 순빈을 다시 폐하고 궁 밖으로 쫓아버렸다.


"그 당시 권 승휘는 아들이 아닌 딸 경혜공주를 낳았잖아요. 그 일로 권 승휘가 세자빈이 된 거구요. 아참, 권 승휘와 부인이 동향으로 알고 있는데요."

수양이 은근히 대부인에게 시선을 주었다.

"고향만 같은 게 아니라 나이도 동갑이지요."

현덕왕후와 대부인(정희왕후)은 충청도 홍주목 태생으로 둘다 1418년 생이었다. 현덕왕후는 1418년 3월 홍주 합덕에서 태어났고 정희왕후는 1418년 11월 홍주목에서 태어난 터였다. 여하튼 세자빈 권 씨는 1441년 아들 홍위(후일 단종)를 낳고 다음 날 출산 후 발생한 질병으로 인해 사망하고 만다.

"세자가 여자 복이 없는 건지…."

왕후가 말하다 말고 대부인을 바라보았다.

"어머니, 여자인 제가 보아도 너무나 안타깝네요. 그런데 왜 세자께서는…."

대부인이 슬그머니 대화의 내용을 바꾸었다.

"너희들에게 이런 말해도 될는지 모르겠구나."

왕후가 말하다 말고 수양을 바라보았다.

"어머니, 뭔데요?"

"방금 전에 양 귀빈 이야기하면서 언급했지만 세자는 태어날 때부터 약했어. 그래서 줄곧 잔병치레를 하면서 살았지. 그런데 세자로 책봉된 이후에는 네 아버지로 인해 중압감을 느끼게 되었지. 제 딴에는 아버지를 능가하는 임금이 되고 싶었던 게지. 그래서 제 건강을 돌보지 않고 책에 파묻혀 살며 여자에 대해서는 무관심하게 되었지."

"그런데 어머니, 왜 어머니께서 홍위를 거두시지 않고 양 귀인에게 맡기셨는지요?"

"당연히 내가 도맡아 키워야 할 일이건만 그 때부터 몸에 이상 징후가 발견되기 시작하여 내 몸 건사하기 급급했단다."

당시 왕후는 풍병으로 고생하기 시작했고 치료차 온천을 찾아다니고는 했었다.

"그 일은 제가 잘 알고 있습니다."

수양의 말에 대부인이 고개를 끄덕였다.

"그래서 내가 너희들에게 부탁하려 한다."

"어머니, 부탁이라니오, 당치 않으십니다."

"세자가, 네 형이 그리 오래 살지 못할 것 같구나. 까딱하면 제 아버지보다 먼저…."

수양이 가볍게 신음을 내질렀다. 왕후와 아버지 세종이 간간히 세자인 형의 건강에 상당한 문제가 있다는 말을 들은 터였고 그래서 그 일로 근심이 깊어지고 있었던 때문이다.

"후일 홍위를 너희들이 보살피는 일이 발생할지도 모르니 그런 경우 너희들이 각별히 신경써주기 바란다."

"어머니, 그런 건 조금도 걱정하지 마세요."

수양의 목소리에 은근히 힘이 들어갔다.

"말만 들어도 고맙구나. 그리고 아범에게 막냇동생인 염(이염, 1441년 영흥대군으로 봉해졌으며, 1443년에 역양대군으로, 1447년에 다시 영응대군으로 개봉되었음)도 부탁하려 한다."

이염은 왕후 나이 40 그리고 세종 나이 38세에 태어난 그야말로 늦둥이였다.

"그야 이를 말씀인가요. 염이 어릴 때 어머니 대신 김 나인의 젖을 먹고 자란 일도 제가 잘 알고 있지요."

"말이 나온 김에 그 당시 있었던 일 한 토막 이야기하마."

# 권력 승계

# 권력 승계

"마마, 김 소의 들었습니다."

왕후가 태어난 지 1년도 안 된 염이 채근거리는 모습을 지켜보는 중에 여러 해 전에 정2품의 직인 소의로 진봉된 김 나인이 들어왔다. 김 소의가 예를 표하고 자리 잡자마자 염을 가슴으로 안아들었다. 이어 스스럼없이 저고리를 젖히고 젖을 물리자 방금 전과는 달리 염의 얼굴에 함박웃음이 번지고 있었다.

"우리 염이 나보다 자네를 더 좋아하는 모양이네."

"마마, 너무 무안합니다."

"무안하긴, 그리고 마마라니, 둘만 있을 때는 형님이라 호칭하라 하지 않았느냐."

"알겠사옵니다, 마… 아니, 형님."

"그리 부르니 얼마나 듣기 좋은가. 그런데 잠시 전에 자리를 비웠다 들었는데 어디를 다녀왔는가?"

"숙신옹주가 가례를 준비한다 하여 잠시 들렀다 오는 길입니다."

"그렇지. 조만간 옹주가 가례를 올릴 예정이지."

숙신옹주는 태조 이성계와 김해의 관기 출신 후궁 화의옹주 김 씨 사이에서 태어난 딸로 윤평과 가례를 올린다.

"그래, 준비는 잘 되고 있는가. 내가 직접 챙겨주어야 할 일이건만."

소의가 대답 대신 가볍게 한숨을 내쉬었다.

"왜 그러나?"

"저 그게…."

왕후의 질문에 소의가 마뜩치 않은 표정을 지었다.

"속 시원히 말해보게나. 어차피 조만간에 내명부는 자네 소관이 될 터이니 말이야."

"너무나 사치스러운 게 아닐까 할 정도로…."

순간 왕후의 머릿속으로 지난 시절의 일이 떠올랐다. 시아버지 이방원의 국상이 진행되는 기간에 태조와 후궁 찬덕 주씨 사이에 태어난 이복 언니 의령옹주와 함께 신을 섬기는 모임이라 핑계 대며 거문고를 타고 술을 마시다 발각되었었다.

당시 그녀의 비행에 대해 사헌부에서 탄핵하였으나 왕후와 세종이 허락하지 않아 처벌을 면했었다. 그러나 그녀의 비행과 사치 행각은 멈추지 않고 있었고 그 순간까지 쉬쉬하며 말들이 흘러다니고 있었다.

"아직도 정신 차리지 못하고 있구먼. 그래 구체적으로 어떻게 준비하고 있다 하더냐?"

"혼수로 고급 비단인 능금과 채백으로 도배한다 하옵니다."

"뭐라, 능금과 채백을!"

순간 왕후의 얼굴에 노기가 드러났다.

"제가 경솔하게 여쭌 게 아닌지 모르겠습니다."

"아니야, 자네가 말 잘하였네. 내가 듣기로 지금 사대부가 여식들이 혼수 준비하는 데 너무 사치스럽다는 말들이 오가고 있네. 그렇지 않아도 주상과 혼수에 비단을 쓰지 못하게 하고 대신 명주를 쓰도록 하는 법을 만들려는 중이었네."

"제가 생각해도 지당하십…."

소의가 말하다 말고 순간적으로 얼굴을 찡그렸다.

"요 녀석이 고맙다는 표현으로 또 젖을 물고 만 모양이네."

말과 동시에 소의의 젖을 바라보았다. 유두 부분이 급속하게 발갛게 물들고 있었다.

"이제 보니 염이 배가 찬 모양일세. 그러니 그만 물리게."

이미 여러 번 동일 상황을 직면했었던 듯 왕후가 미소를 지으며 말하자 소의가 염을 안아 옆 자리에 뉘었다. 그 순간

밖에서 어지러운 발자국 소리, 이어 주상이 찾아왔음을 알리는 소리가 이어졌다.

소의가 신속하게 옷매무시를 가다듬고 자리에서 일어나는 순간 세종이 전으로 들어섰다. 세종이 염과 소의를 바라보며 방금 전 무슨 일이 있었는지 알겠다는 듯 흡족한 표정을 지었다.

이어 왕후를 잠시 주시하다 염의 곁으로 다가가 힘차게 안아 공중으로 들어올렸다.

"이른 시간에 주상이 어인 일입니까?"

"우리 늦둥이 보려고 만사 제쳐두고 달려왔소."

세종이 염을 들어 올린 상태에서 연신 싱글벙글했다. 왕후가 그 모습을 바라보다 곁에 있는 소의에게 시선을 주었다.

"자네는 자리에 앉지 않고 뭐하는 겐가."

왕후가 잔잔하게 말하자 소의가 세종을 바라보았다. 세종이 역시 함박웃음을 지으며 고개를 끄덕였다.

"이보게, 우리 서방님이 오셨으니 술상을 봐오라 이르게나."

"그럴 필요 없소."

세종이 짤막하게 말하자 두 사람이 세종의 얼굴을 바라보았다.

"그 무슨 말인가요?"

"내가 들어오기 전에 중전이 소의와 함께 있다는 사실을 알고 이미 술상을 들이라 일러두었소. 그리고 참, 연(이름은 이연으로 세종과 소의의 4남)도 데려오지 않고."

"그 아이는 중전마마의 배려로 다른 왕자들과 어울리고 있습니다."

"뭐라, 그 아이가 벌써 그리 되었나?"

"지금 네 살이옵니다."

네 살이라는 소리에 세종이 헛웃음을 흘렸다. 이어 염을 내려 조심스럽게 바닥에 뉘었다.

"주상께서 그동안 아우에게 소홀했던 모양입니다."

세종이 자리하자 왕후가 은근하게 입을 열었다.

"일에 파묻혀 살다 보니…."

"일도 좋지만 가족도 살펴야지요. 결국 가정이 평안해야 모든 일이 술술 풀리는 법 아닌가요?"

"그야 당연하오."

세종이 힘주어 대답하는 동시에 소의를 바라보았다.

"아우, 내친 김에 아까 내게 했던 이야기 주상께 들려드리게."

"무슨 일이기에."

소의가 잠시 전 왕후에게 했던 이야기를 차근하게 들려주었다. 이야기를 듣는 세종의 얼굴이 심각하게 변했다.

"세 살 버릇 여든까지 간다더니, 하는 모양하고는."

세종이 말을 중간에 멈추고 가볍게 혀를 찼다.

"중전으로부터 이야기 들었는지 모르지만 그런 일을 방지하기 위해 지금 법전 편찬에 한창 속도를 올리고 있으니 걱정 말게."

말을 마친 세종이 다시 염을 안아들었다.

"그리도 좋습니까?"

"왜요, 중전은 좋지 않소?"

왕후가 뭐라 대답하려는 순간 문이 열리며 주안상이 들어오고 있었다. 상이 자리하자 왕후가 세종에게 소의와 나란히 앉을 것을 주문했다. 염을 안고 있는 세종이 야릇한 표정을 지으며 두 여인을 번갈아 바라보았다.

"오늘 내가 중대 발표를 하려 하니 그렇게 자리하세요."

"중대 발표라니요?"

세종이 염을 소의에게 넘기며 자연스럽게 나란히 자리했다.

"두 사람이 나란히 앉은 모습을 보니 참으로 보기 좋네요.

그리고 자네는 염을 내려놓게."

왕후의 지시에 소의가 염을 내려놓자 왕후가 술병을 들었다. 이어 세종에게 그리고 한사코 만류하는 소의의 잔을 채워주었다. 받은 잔을 내려놓은 소의가 급하게 왕후의 잔을 채웠다.

"자, 이 잔은 아우를 위해 건배하도록 하지요."

왕후의 건배 제의에 두 사람이 그 의미를 모른다는 듯 얼떨결에 잔을 들었다. 한 번에 잔을 비운 세종과 왕후와는 달리 소의는 그저 마시는 시늉만 하고 잔을 내려놓았다. 소의가 술을 마시지 못하는 사실을 알고 있는 두 사람은 강제하지 않았다.

"그래, 중대 발표가 무엇이오?"

"먼저 안주부터 드시지요."

왕후가 소의에게 시선을 주자 소의가 고기를 집어 세종의 입으로 넣어주었다.

"주상, 세자빈이 임신한 사실을 알고 있나요?"

세종이 안주를 먹고 나자 왕후가 다시 세종의 잔을 채웠다.

"방금 전 그 소식을 들었다오. 그래서 겸사겸사해서 이리 찾아온 것이라오. 그런데 그 일이 중대 발표와 무슨 관계가 있는지요?"

"이 시간부로 주상과 육체 관계를 마무리하고자 합니다."

"뭐라고요! 아직은…."

"아직은 뭐란 말입니까?"

세종이 대답을 하지 못하고 곁에 있는 소의에게 시선을 주었다. 소의의 얼굴이 붉게 물들어가고 있었다. 그를 살피며 다시 염에게 시선을 주었다.

"이렇게 건강한 아들을 낳지 않았소?"

"주상, 그렇게 건강한 아이를 낳는 게 쉬운 일인지 아세요? 지금 제 나이 마흔입니다, 마흔. 그리고 세자빈이 임신하였다고 하니 조만간에 할머니가 될 것입니다, 할머니."

왕후가 할머니란 말에 힘을 주자 세종이 할머니를 되뇌며 다시 잔을 비워냈다. 이번에도 소의가 안주를 챙겨 세종에게 건넸다.

"그래서요?"

세종이 왕후의 진지한 표정을 살피자 왕후의 시선이 소의에게 향했다.

"이제부터는 아우에게 정성을 다하시라는 이야기입니다. 또한 내명부에 관한 일도 서서히 아우에게 일임하려 하니 그렇게 알도록 하세요."

"마… 아니, 형님!"

소의가 더 이상 말을 잇지 못하고 곤혹스러운 표정을 지었다.

"자네도 잘 알지 않나, 아이 낳는 일이 얼마나 어려운 일인지."

왕후가 은근한 투로 말을 건네며 소의의 손을 잡았다. 이어 다른 손으로 세종의 손을 잡아 두 사람의 손을 하나로 묶었다. 세종이 자신의 손에 들어온 소의의 손을 기꺼이 잡았다.

"그런 의미에서 주상은 오늘 아우와 잠자리를 함께하도록 하세요."

왕후의 주문에 스물아홉 살로 한참 절정에 이른 소의의 볼이 더욱 발갛게 변해갔다. 그리고 10개월 후에 소의는 다섯째 아들 이장(영해군으로 후일 '당'으로 이름을 바꿈)을 출산한다.

# 불교에 귀의

# 불교에 귀의

"비록 일찌감치 세상을 떠난 분들도 있지만 어머니께서 8남 2녀를 출산하셨으니, 같은 여자 입장에서 살펴 보아도 정말로 대단하세요."

그 순간까지 수양대군과 대부인 사이에는 아들(도원군) 하나와 딸(의숙공주) 하나 외에는 없었다. 아울러 장남 도원군 사후 조선조 제 8대 임금에 오르는 예종은 1450년에 태어났다.

두 사람이 가례를 올린 시기가 1428년이고 또한 두 사람의 금슬이 상당히 좋았던 사실을 살피면 두 사람에게는 자식복이 그다지 좋지 않았던 듯 보인다.

"어멈이 생각해도 그렇지. 지금에 와서 내가 생각해보아도 참으로 쉽지 않은 일이었어."

대부인이 안쓰러운 표정을 짓자 왕후가 미소를 보여주었다. 수양은 마치 무슨 의미인지 모른다는 듯 그저 두 사람을 번갈아 바라보았다.

"아범은 무슨 이야기인지 쉽게 이해하지 못할 게야. 여하튼 이제 네 아버지와 내가 유교를 국시로 내세운 조선에서 왜 불교에 귀의했는지 그 이유를 이야기하마."

"어머니, 어머니께서 불교에 귀의한 이유는 외할머니 그리고 동생들의 갑작스런 죽음으로 고통에서 해방되기 위함이 아니었나요?"

대화의 내용이 바뀌자 수양이 자신 있다는 표정을 짓자 왕후가 즉답에 앞서 가볍게 한숨을 내쉬었다. 왕후의 친정 어머니의 죽음도 죽음이려니와 다섯째 아들인 광평대군과 일곱째 아들인 평원대군이 한 달 사이를 두고 사망했었던 일로 한동안 고통에서 벗어나지 못했었다.

"단순히 그런 이유 때문은 아니란다."

"그러면 혹시 시할아버지에 대한 복수…."

왕후의 대답이 끝나자마자 대부인이 눈을 깜박거렸다.


왕후가 사정전에서 나이 80세 이상의 노부인들에게 연회를 베푼 날 저녁이었다. 세종이 왕후의 노고를 치하하기 위해 왕후를 찾았다.

"중전, 수고 많았소."

"수고라니요. 주상께서도 하시지 않았어요."

왕후가 노부인들에게 연회를 베풀기 전날 세종 역시 근정전에서 나이 80세 이상인 노인들에게 연회를 베풀었던 터였다. 그 연회에는 신분에 관계없이 일반 백성은 물론 심지어 천민까지도 참석했었다.

이와 관련하여 승정원에서 양로연에 초대받은 노인 중 천민의 참석을 중지할 것을 요구하며 상소를 올렸으나 왕후와 세종은 이를 일갈하며 노인의 신분에 관계 없이 죄를 지은 사람이 아니면 모두 참석하도록 지시하였었다.

그런데 단지 그날뿐만 아니었다. 세종과 왕후는 빈번하게 노인들과 노부인들에게 연회를 베풀었다. 그들과 짧지 않은 시간 함께하며 그들로부터 저간의 사정 즉 민심을 헤아리며 그를 정책에 반영하고 있었다.

"그러면 우리 둘 다 수고한 게 되네요."

세종이 말을 받고 환하게 미소지었다.

"그런데 주상!"

왕후가 세종을 정면으로 바라보았다.

"말해 보세요."

"지난번에도, 그 지난번에도 일부 노부인들로부터 하소연을 들었는데, 사대부가의 여인들도 그러하지만 특히 일반 백성들과 천민 출신 노부인들로부터 이번에도 똑같은 하소연을 들었습니다. 떳떳하게 부처의 자비를 구할 수 있게 해달라고."

세종이 가볍게 한숨을 내쉬었다.

"왜 그러나요, 주상."

"나도 중전과 똑같은 소리를 여러 차례에 걸쳐 들었기 때문이라오."

삼국 시대 당시 고구려에 처음 전래된 불교는 당시까지 근 일천 년이 넘는 동안 민간에 깊게 뿌리 내리고 있었고 외적으로는 불교를 배척하였으나 왕실은 물론 백성들 사이에도 알게 모르게 부처를 신봉하고 있었다.

"그런 경우라면 심도 있게 생각해보아야 하는 거 아닌가요?"

"당연히 그래야 하는데 할아버지께서 조선을 건국하시면서 유교를 국시로 세우면서 불교를 철저하게 배척하지 않았소."

"그보다 먼저 유교와 불교의 실체가 무엇인지를 헤아려 보아야 하지 않을까요. 제가 잘은 모르지만 유교가 극소수의 양반들을 위한 것이라면 불교는 양반들보다는 오히려 백성들을 위해 이로운 게 아닌가 생각합니다."

"중전 말이 지당하오."

잠시 생각에 잠겨 들었던 세종이 힘주어 대답했다.

"주상, 우리가 약조한 바 있지 않습니까. 권력은 극소수가 아니라 이 땅에 존재하는 모든 사람들의 소유물이라고. 특히 주상은 백성 없는 임금은 없다 하지 않았습니까?"

"말은 물론 진심으로 그리 생각하고 있소."

"그렇다면 굳이 시할아버지께서 세운 정책을 따라야 할 필요가 있을까요?"

"할아버지도 그렇지만 아버지께서 확고하게 국시로 인정한 유교를 배척하기 위해 불교를 수용한다는 인상을 주지 않을까 싶어 그런다오."

"다르게 생각할 수도 있지 않을까요."

"어떻게 말이오?"

"시할아버지께서 불교를 완강하게 배척한 이유는 고려 시대 당시 불교가 너무나 타락했기에 그랬던 게 아닌가요?"

"그야 그렇소만."

"그래서 생각해보았는데, 고려 시대의 불교는 소수의 특권으로 자리했기에 결국 부패할 수밖에 없었으니 그를 대중화하면 어떨까 싶은 생각이 일어납니다."

"불교의 대중화라."

순간 세종이 회심의 미소를 머금었다.

"왜 그러세요. 무슨 좋은 생각이라도 일어났나요?"

"대중화시킨다면 일반 백성들이 불경을 스스로 읽을 수 있어야 한다는 의미인데, 그런데 지금 한자는 너무 어려워서 그는 힘들지요."

"당연합니다. 그런데요?"

"한참 전에 연회를 베푸는 중에 한 노인으로부터 흥미로운 이야기를 들었었다오."

"무슨 이야기….."

"경상도 영해 출신으로 박가 성을 지닌 노인이었는데 그 문중 비기에 28개의 이상한 부호들이 기록되어 있는데 글자를 의미하는 듯하다 합디다."

"그래서요?"

왕후의 표정이 밝아지면서 목소리도 올라갔다.

"그래서 그 집안 사람들로부터 부호가 적혀 있는 책자 '징심록'을 빌려 집현전으로 하여금 연구하라 일러두었소. 아참, 딸 정의공주와 아들 수양도 그 일에 참여하고 있다오."

『징심록』은 신라 시대 때 박제상이 저술했다고 전해지는 고대 역사서로 현존하지 않으며 다만 일부 기록과 추기만 남아 있다. 그 추기에 매월당 김시습은 훈민정음의 28자를 『징심록』에서 취했다는 기록을 남겼다.

"그런데…."

왕후가 의혹 가득한 시선으로 세종을 바라보았다.

"중전, 오해하지 말아요. 정의와 수양은 물론 그 누구도 그러한 사실을 밖으로 전하지 못하도록 함구령을 내렸다오."

"그렇다고 내게도…."

"명나라가 만약 그러한 사실을 알게 되면 어찌 되겠소, 내가 그래서…."

세종이 민망한지 슬그머니 말을 흐렸다.

"주상, 지금이야 어쩔 수 없지만 조공의 문제를 포함하여 차후 명나라와의 관계를 재정립해야 하지 않을까요?"

"당연히 그리할 일이오. 그런데 지금으로서는 그게 그리 쉽지 않아 보입니다."

"무슨 특별한 이유라도 있나요?"

"명나라와 우리 조선의 상황을 살펴보세요. 공교롭게도 두 나라가 건국된 시기도 비슷하고 지금 명나라의 기운과 조선의 기운이 동시에 승하고 있지 않소. 그래서 드러내놓고 관계를 변화시키는 일보다는 지금처럼 내실을 기하면서 향후 기회를 보는 게 옳다 생각하오."

"역시 주상입니다."

왕후가 잠시 침묵을 지키다 흡족한 표정을 지으며 세종을 바라보았다.

"그러면⋯."

"내 어머니와 네 동생들의 죽음은 그저 구실에 불과했던 게야."

왕후가 그들의 죽음을 떠올리는지 표정이 어둡게 변해가기 시작했다.

"그런 줄도 모르고⋯."

"만약 그러한 사실들을 조정에서 알았다고 한다면 쉽사리 물러설 수 있겠느냐?"

"절대 용납하지 않으려 하겠지요. 저들 밥그릇을 빼앗기는 꼴을 그들이 모른 체 할 수는 없는 노릇이지요. 그런데 어머니!"

수양이 말하다 말고 간곡하게 왕후를 불렀다.

"아버지와 어머니께서 유교에 대해 간과하고 있는 부분이 있지 않은가 싶어서요."

왕후가 호기심 어린 표정을 지으며 수양을 바라보았다.

"지난 고려 시대에 불교가 소수의 특권으로 자리매김하면서 부패하여 척결의 대상이 되었던 것처럼 유교도 결국 극소수의 사대부들의 특권으로 자리매김한다면 언젠가는 불교처럼 그 종말을 맞이하지 않을까 싶어요."

"그러한 중요한 사실을 간과했구나."

잠시 생각에 잠겨들었던 왕후가 수양에게 미소를 보였다.

"아울러 제 생각에는 앞으로 어느 하나에 치우치지 말고 유교와 불교의 장점을 고루 취하는 게 이로울 듯합니다."

"너무나 당연한 일을 나나 네 아버지가 실기했구나. 아범이 참으로 장한 생각을 지니고 있구나."

왕후가 흡족한 표정을 지으며 두 사람을 번갈아 바라보았다.

"그런 이유로 저 역시 훈민정음으로 불경을 번역하여 어리석은 백성들도 부처님의 무한한 자비를 헤아리게 하여 미처 권력이 미치지 못하는 부분에 대해 위안감을 주도록 하려 합니다."

"그 일과 관련하여 필요한 일이 있으면 언제라도 네 아버지께 도움을 청하도록 하거라. 그러면 네 아버지께서 전폭적으로 지원해주실 것이야."

말을 마침과 동시에 왕후가 두 손으로 수양의 손을 잡았다.

"그런데, 어머니!"

대부인이 근심 가득한 표정으로 왕후를 바라보았다. 급격하게 왕후의 안색이 변하고 있었던 터였다.

"왜 그러느냐?"

"이제 주무실 시간이 되지 않았나 싶어요."

"그래야지, 이제 내 할 말 다했으니 마음 편히 잠자리에 들어야지."

대부인이 수양에게 눈짓을 보내자 수양이 자리에서 일어나 잠자리를 준비하기 시작했다.

"그래요, 어머니. 혹시 못다 하신 말씀이 있다면 내일 제게 아니, 저희에게 다시 들려주세요."

왕후가 대부인의 부축을 받으며 천천히 몸을 눕혔다. 이어 잠시 눈을 감았다 뜬 왕후가 수양을 바라보며 속삭이듯 입을 열었다.

"자꾸 네 할머니 생전에 말씀드렸던 일이 생각나는구나."

"무슨 말이었는데요?"

"네 할아버지가 잘못 꿴 첫 단추를 나와 주상이 반드시 바로잡겠다고 했던 말 말이다."